두 손 가벼운
여행

Resa med
lätt bagage

RESA MED LÄTT BAGAGE (TRAVELLING LIGHT)
by Tove Jansson

토베 얀손
안미란 옮김

두 손 가벼운 여행

Resa med lätt bagage

차례

편지 교환

얀손 선생님께

저는 일본 소녀예요.
제 나이는 열세 살하고 두 달이에요.
1월 8일에 열네 살이 돼요.
엄마가 계시고, 여동생이 둘 있어요.
선생님이 쓰신 책은 모두 읽었어요.
읽고 나면 한 번 더 읽어요.
흰 눈을 떠올리고, 혼자 있을 수 있겠다고 생각하게 돼요.
도쿄는 아주 큰 도시예요.
저는 혼자 영어를 배우는데, 아주 열심히 공부해요.
저는 영어를 좋아해요.
제 꿈 중에는 선생님처럼 오래 살고
똑똑해지는 것도 있어요.
저는 꿈이 많아요.
'하이쿠'라는 일본 시가 있어요.

일본어로 된 하이쿠를 하나 보내 드릴게요.
벚꽃에 대한 시예요.
선생님은 큰 숲에 사세요?
제가 편지를 드리는 걸 양해해 주세요.
건강하게 오래 사세요.

아쓰미 다미코

얀손 선생님께

오늘 제 생일은 아주 특별해요.
선생님이 보내 주신 선물은 제게 매우 소중해요.
모두들 그 선물과 선생님이 사시는
작은 섬의 사진을 보고 놀라죠.
제 침대 위에 그 사진을 걸어 놓았어요.
핀란드에는 외딴섬이 몇 개나 있나요?
거기 살고 싶은 사람은 그 섬을 가질 수 있나요?
저는 섬에 살고 싶어요.
저는 외딴섬이 좋고, 꽃과 눈도 좋아요.
하지만 저는 섬과 꽃과 눈이 어떤지 쓸 수 없어요.
저는 아주 열심히 공부해요.
저는 선생님의 책들을 영어로 읽어요.
일본어로 된 책들은 달라요.
왜 그럴까요?
선생님은 행복하신 분 같아요.

건강 주의하세요.
오래 사세요.

아쓰미 다미코

얀손 선생님께

시간이 많이 흘렀어요. 다섯 달 아흐레가
지나도록 저에게 편지하지 않으셨네요.
제 편지는 받으셨어요?
선물들도 받으셨어요?
선생님이 뵙고 싶어요.
저는 정말 열심히 공부해요.
선생님께 제 꿈 얘기를 들려 드릴게요.
제 꿈은 다른 나라로 여행을 가고, 여러 나라의 말을 하고,
그 말들을 알아들을 수 있게 공부하는 거예요.
제가 선생님과 대화를 할 수 있었으면 좋겠어요.
저하고 이야기를 해 주셨으면 해요.
다른 집이 하나도 보이지 않고 길에서 아무도 마주치지
않는다는 걸 어떻게 묘사하는지 저에게 이야기해 주세요.
눈에 대해서 어떻게 쓰면 되는지 알고 싶어요.
선생님의 발치에 앉아 가르침을 받고 싶어요.
저는 여행하기 위해 돈을 모으고 있어요.
새로운 하이쿠를 하나 보내 드릴게요.
멀리 떨어진 푸른 산을 바라보는 늙은 여자에 관한 시예요.

그 여자가 어릴 때는 그 산이 보이지 않았죠.

이제는 그 산에 갈 수 없고요.

아름다운 시예요.

부디 건강하세요.

다미코

얀손 선생님께

먼 여행을 떠난다고 하셨지요.

여섯 달도 넘게 여행을 하셨네요.

이제는 돌아오셨겠지요.

얀손 선생님, 어디로 여행을 가셨나요?

선생님의 기모노를 가지고 가셨을지도 모르겠네요.

기모노는 가을 색깔이고,

가을은 여행하기 좋은 계절이에요.

하지만 시간이 짧다고 하셨지요.

선생님 생각을 하면 저는 시간이 길게 느껴져요.

저는 선생님처럼 오래 살고,

또 선생님처럼 위대하고 지혜로운 생각을 하고 싶어요.

저는 선생님의 편지들을

아주 예쁜 상자에 넣어 비밀 장소에 보관해요.

그리고 해가 질 때 다시 읽지요.

다미코

안손 선생님께

전에 핀란드가 여름일 때 저에게 편지를
쓰신 적이 있는데, 그때 외딴섬에 머무르고 계셨지요.
섬에는 우편물이 아주 가끔 배달된다고 하셨어요.
그럼 제 편지를 한 번에 여러 개 받으시겠네요?
배들이 섬에 들르지 않고 그냥 지나가면
마음이 좋다고 하셨네요.
하지만 이제 핀란드에는 겨울이 오고 있지요.
겨울에 대한 책을 쓰셨는데, 거기 쓰신 내용은 제 꿈이에요.
저는 누구든지 알아듣고 그 안에서
자기의 꿈을 발견할 수 있는 이야기를 쓰고 싶어요.
몇 살이 되어야 글을 쓸 수 있나요?
하지만 저는 선생님 없이는 그런 글을 쓸 수 없어요.
하루하루가 기다림이에요.
선생님은 피곤하다고 하셨어요.
일을 하시고, 주변엔 사람도 많으니까요.
선생님을 위로하고 선생님의 고독을 지켜 주는
사람들만 있었으면 좋겠어요.
오랫동안 연인을 기다린 사람에 대한
슬픈 하이쿠를 보내 드려요.
어떻게 되었나 보세요.
하지만 번역이 별로 좋지 않아요.
제 영어가 좀 나아졌나요?

다미코

사랑하는 얀손 선생님, 감사해요!

맞아요. 그렇지요. 나이가 들어야 글을 쓰는 건 아니에요. 써야 하기 때문에 쓰기 시작하는 거지요. 자기가 아는 것에 대해, 아니면 자신이 갈망하는 것, 자신의 꿈, 미지의 무엇에 대해서 말이에요. 오, 사랑하는 얀손 선생님. 그리고 기록하는 것은 오직 기록과 자기 자신 사이의 문제이므로 다른 사람들한테, 또 그들이 뭐라고 생각하고 이해하는지에 신경 쓰지 말라고 하셨죠. 그것만이 옳은 길이에요. 지금 저는 멀리 떨어진 사람을 사랑하는 게 어떤 것인지 잘 알아요. 그러니까 그 사람이 더 가까이 오기 전에 이에 대해 얼른 써야 해요. 이번에도 하이쿠를 보내 드릴게요. 오는 봄을 기뻐하는 작은 시냇물 소리를 듣고 즐거워하는 이야기예요. 얀손 선생님, 제 말을 들어주시고, 제가 언제 가면 좋을지 써 주세요. 저는 돈을 모았고, 여행 장학금을 받게 될 거 같아요. 몇 월이 가장 아름답고 우리가 만나기에 좋을까요?

다미코

얀손 선생님께

아주 지혜로운 편지 감사해요.
핀란드의 숲은 크고 바다도 넓지만
선생님의 집은 작다는 걸 이해해요.
작가는 책 속에서 만나야 한다는 건 아름다운 생각이에요.

저는 끊임없이 뭔가를 배워요.
건강하시고 오래 사세요.

아쓰미 다미코

안손 선생님께

하루 종일 눈이 왔어요.
눈에 대해 쓸 수 있었으면 좋겠어요.
오늘 엄마가 돌아가셨어요.
일본에서는 집안에서 제일 나이 많은 사람이 되면
여행을 할 수 없고, 하고 싶어 하지도 않아요.
무슨 뜻인지 선생님께서 이해하셨으면 해요.
감사해요.
중국의 위대한 시인 랑스위안이 쓴 시를 보내 드려요.
황추이와 알프 헨릭손이 선생님의 언어로 번역했지요.

들거위의 외침은 울리는 바람에 실려 날카롭고,
아침엔 눈이 많아 구름 끼고 춥네.
가난한 나는 너에게 줄 작별 선물이 없구나,
너를 어디건 따라갈 푸른 산 외에는.

다미코

팔순 생일

1

외할머니 댁에 도착해서 계단 앞에 주차된 커다란 승용차들을 보자, 욘네는 어두운 정장을 입고 올걸 그랬다고 했다.

"에이, 바보 같은 소리 하지 마." 내가 말했다. "그냥 편안하게 생각해. 할머니는 그런 분이 아니니까. 보통은 벨벳 바지 같은 거 입고 오고 그래. 할머니는 보헤미안들을 좋아하시거든."

"바로 그게 문제지." 욘네가 말한다. "나는 보헤미안이 아니거든. 난 평범한 사람이고, 팔순 생신에 벨벳 바지 입고 나타날 권리는 없다고. 게다가 지금은 너희 외할머니를 처음 뵙는 자리인데."

나는 말했다. "들어가기 전에 선물 포장을 뜯어. 할머니는 그렇게 하는 걸 더 좋아하실 테니까. 선물은 크리스마스에만 풀고 싶어 하셔."

선물을 고르는 건 쉬운 일이 아니었다. 할머니는 전화를 걸어 말씀하셨다. "애, 남자 친구나 데리고 와서 소개해 주렴.

쓸데없이 비싼 선물 사려고 하지 말고. 난 부족한 게 없고, 대체로 내 아이들보다 안목이 좋잖니. 그리고 집을 온통 어지럽히고 죽고 싶지도 않아. 뭐 마음이 담긴 간단한 거나 하나 생각해 보렴. 뭔가 미술하고 관계가 있는 걸 찾으려고 하지는 말고. 너희 그거 못하잖니."

이리저리 생각을 해 보았다. 나의 외할머니는 당신이 세상에서 제일 관대한 분이라고 생각하신다. 그런데 사실은 별것 아닌 듯 들리지만 상당히 까다로운 작은 소망들로 온 가족에게 부담을 주신다. 두꺼운 유리로 된 우아한 그릇 같은 걸 고르는 것쯤이야 어렵지 않다. 하지만 그건 너무 부르주아적이고 애정이 담기지 않았다고 하실 터다. 나는 당연히 욘네에게 외할머니 이야기, 외할머니의 그림 이야기를 많이 했고, 욘네는 큰 관심을 갖고 들어 주었다. 옛날에 그리신 그림 중 하나가 우리 집에 있는데, 할머니가 처음으로 장학금을 받아 머무르셨던 산 지미냐노의 그림이다.[1] 나무 그림으로 유명해지시기 전의 그림이다. 할머니는 산 지미냐노 이야기를 자주 하셨다. 탑이 많은 그 작은 이탈리아 도시에 계실 때 당신이 얼마나 행복하셨는지, 일을 하려고 해가 뜰 때 일어나면 얼마나 자신이 강하고 자유롭게 느껴지셨는지. 날은 덥고 물가는 말도 안 되게 낮았으며, 아침에 젊은 여자가 채소를 수레에 싣고 도시를 돌았는데 이때 할머니가 창문을 열고 필요한 것을 짚어 보이시면 두 사람이 서로를 완벽하게 이해하고 웃었다던지 하는 이야기. 그러고 나면 할머니는 이젤을 들고 나가셨다

---

[1] 이탈리아 토스카나의 유서 깊은 도시. 원서의 San Guimignano(산 귀미냐노)는 오류로 보여 San Gimignano로 수정하였다.

고 했다. 이런 이야기들을 나는 언제라도 즐겨 들었다. 욘네도 이런 이야기들을 좋아했다. 그다음에 벌어진 일은 충분히 상상할 수 있다. 욘네가 혼자 나가 잡화상에서 산 지미냐노의 그림을 산 것이다! 그게 우리가 할머니께 드릴 선물이었다. 가게에서는 19세기 초의 석판화라고 했다. 그게 뭐 아주 특별한 물건이라고는 생각하지 않았지만, 하여튼 그렇게 선물을 마련했다.

"욘네, 이제 들어가자." 내가 말했다. "자연스럽게 해. 그래야 할머니가 좋아하시지."

할머니의 아틀리에 입구에는 하객들이 길게 줄을 서 있었다. 젊은 사촌들이 들락날락하며 외투를 받았고, 우리는 할머니가 고용하신 사람들이 화려하게 꾸미고 장식한, 넓게 트인 방 안으로 천천히 들어갔다. 나는 할머니를 보고 다가갔으며, 욘네를 안정시키기 위해 얼른 그의 팔을 잡았다. 조용한 음악이 들려왔는데, 클래식은 아니지만 어딘지 할머니의 흔적이 느껴지는 선곡이었다. 우리는 할머니께 갔다. 할머니는 평소처럼, 신경을 썼으면서도 안 쓴 듯이 옷을 입고 계셨다. 맑고 명랑한 눈과 사려 깊고 우아해 보이는 얼굴 주위에 곱슬거리는 백발이 가볍게 여기저기 흩어져 있었다.

"이쪽은 욘네예요." 내가 말했다. "할머니, 욘네예요."

"어서 오게." 할머니가 말씀하셨다. "그러니까 이 사람이 욘네라는 말이구나. 핀족이겠지?"[2] 그러면서 할머니는 그를 너그러운 눈으로 바라보셨다. "스웨덴어로 똘똘 뭉친 오래된

---

2   핀란드에는 핀란드어를 쓰는 핀족 외에도 남부와 서부 해안에 스웨덴어 사용자들이 있으며, 토베 얀손 역시 스웨덴어로 글을 썼다.

집안에서 어떻게 버티려나? 그래, 지금 결혼을 한 건가, 안 한 건가? 혹시 이미 다 마치고 끝낸 건가?"

"마치긴 했는데 끝나진 않았죠." 욘네는 용감하게 대답했다. 할머니가 웃으시는 모습을 보니 욘네는 할머니 마음에 든 것 같았다.

할머니가 말씀하셨다. "그래, 선물은 어디 있나?"

할머니는 산 지미냐노의 그림을 한참 바라보시고, 미소를 잠깐 보이더니 말씀하셨다. "나도 같은 모티프를 그린 적이 있지. 하지만 이거보다 잘 그렸어." 거절하면서도 한편으로 슬쩍 받아들이는 듯한 손짓을 하시며 할머니는 다른 사람들에게 가셨다.

큰방에는 할머니가 평소에 모델을 세워 두시는 책상이 딱 자리 잡고 있었고, 바르셀로나에서 가져오신 자수 테이블보 위에 올리브부터 생크림 케이크까지 온갖 것들이 놓여 있었다. 아침부터 물을 채워 놓은 꽃병 주위로 집안 아이들이 뛰어다녔고, 몇 명씩 모여 부산하게 대화하는 사람들의 손에는 샴페인이 들려 있었다. 이런 일이 벌어지는 머리 위로는 샤갈의 그림에서처럼 할머니가 모두에게 축복을 뿌리고 날아다니면서 여기저기 한마디씩 건네셨다. 하지만 가만 보니 사람들의 이름을 부르지 않고자 애쓰고 계셨다. 기억력이 떨어진 모습이라고는 겉으로 전혀 드러내지 않으신다. 그냥 댁들이 스스로 소개하시라. 나도 언젠가 우리 할머니처럼 자유로워질 수 있을까?

소리 지르며 뛰어다니는 아이들이 쉴 새 없이 아틀리에를 가로질렀지만 외할머니는 전혀 신경 쓰지 않으시는 것 같았고, 어머니들에게 본인들이 저지른 일의 결과를 그냥 맡기셨다. 사람이 꽤 모인 식탁에 앉은 욘네와 나는 우리가 자리를 잘못 잡았다는 것을 바로 깨달았지만 때는 이미 늦었다. 그 식탁은 할머니가 지적(知的)이라고 분류한, 자기들끼리만 노는 사람들을 위한 자리였다. 무슨 이야기들을 하는지 알 수가 없었다. 뭐라도 할 말을 찾으려고 한참 말 없이 고심하던 나는 결국 턱수염이 난 신사에게 아틀리에의 저녁 채광이 매우 아름답다고 말했다. 그가 빛의 의미에 대해 이야기하기 시작하고 수용 개념으로 주제를 이어 가자 마음이 놓였는데, 나는 한참이 지나서야 그가 예술 비평가라는 사실을 알아차렸다. 다행히도 그가 원한 것은 그저 가만히 듣는 사람이었으므로, 나는 열심히 생각하는 척 고개를 끄덕이며 물론이라고, 정말이라고 대답하면서 가끔 맞은편에 처량한 모습으로 앉아 있는 욘네를 쳐다보았다. 그는 그저 침묵할 뿐 손톱만큼도 도와주지 않는 천재와 나란히 앉아 있었다. 하여간 나는 욘네를 이렇게 예술적인 뿌리가 있는 집안, 이런 규모의 파티를 열 수 있는 집안에 데리고 온 게 뿌듯했다.

욘네는 간신히 자리를 빠져나와 내 쪽으로 와서는 귀에 속삭였다. "집에 가면 안 될까?"

"그래. 좀 이따가." 내가 말했다.

바로 그때 모습을 묘사하기 힘든 세 사람이 들어왔다. 어딘가 단정하지 않아 보였다. 아니, 뭔가가 묻고 지저분한 것 같았다. 장발이기는 했지만 중년의 모습이었다. 그들은 시끌벅적하게 입장해서는 외할머니께 허리를 깊숙이 굽혀 인사하고 손에 입을 맞추었다. 외할머니는 이들을 가장 멀리 떨어진 창가의 빈 식탁으로 데려갔고, 이 사람들도 모두 샴페인 잔을 받았다. 얼마 지나지 않아 그들 중 한 사람이 잔을 바닥에 떨어뜨리고는 야단법석을 떨었다. 할머니는 그저 미소만 지으셨지만, 나는 그 잔들이 할머니에게 얼마나 소중한 것들인지 알고 있었다. 결혼 선물로 받으신 잔들이다. 커피와 케이크가 더 들어왔지만, 나중에 온 신사분들에게는 계속 샴페인만 제공되었다. 우리 같은 다른 사람들에게는 아니고. 보니까 욘네는 벽에 걸린 모든 것을 자세히 뜯어보며 바깥쪽으로 슬슬 움직이더니 결국 나중에 온 분들의 식탁에 도달했다. 당연히 욘네는 그 테이블이 낙오자들을 위한 자리라는 사실을 몰랐다. 이제 우리 욘네는 즐거운 시간을 보낼 수 있게 된 것 같았다.

그 남자들 중 한 명은 위스키가 있는 탁자로 가서 한 병을 통째로 집어 들었고, 돌아오는 길에 할머니께 정중하게 인사를 했다. 외할머니의 미소는 약간 피곤해 보였다.

내 옆의 비평가는 자리를 약간 옮겨서 열심히 이야기를 하고 있었는데, 아직까지도 수용 개념에 대해 말하는 것 같았다. 제대로 이해도 안 되고 관심도 없는 문제에 대해 듣는 건 진이 빠지는 일이므로, 나는 일어나서 살금살금 욘네에게 갔다. 신사분들 중 한 명, 회색 수염이 축 늘어진 사람이 잔을 들고 말했다. "그래서 그 인간이 너에 대해서 그렇게 쓴단 말이지. 유크수, 그건 완전 쓰레기 같은 짓이네."

"그렇지." 유크수가 말했다.

"그것도 칠 센티미터밖에 안 썼어."

"재 본 거야?"

"응, 자로 재 봤지. 딱 칠 센티미터였어. 비닐봉지에 든 완두콩 수프를 살 때처럼 정확하게 확인을 해야 뭔지 알 수 있지 않겠나. 그리고 사진도 없었어. 애송이들은 사진과 함께 실렸는데 말이지."

세 번째 사람이 말했다. "그 인간이 너무 늙어서 그래. 그러니까 젊은 사람들에게 가서 붙는 거지."

"그래, 그 인간은 완전 쓰레기야."

"삶이 다 뜻대로 되는 건 아니지 않나." 수염 난 남자가 말했다.

"그렇지."

느리고 차분하게 그들은 대화를 했다. 이들은 늘 함께 대화를 해 왔지만 실제로 토론에는 관심이 없는 사람들 같았다. 그냥 말을 뱉을 뿐이었다. 수용 같은 것에 대해서는 말하지 않았고, 주로 집세 인상이나 부당한 평을 받은 이런저런 그림이 문제였다. 하지만 어쩌겠는가…… 그래도 할머니가 매력을 발산하며 돌아다니시다 가까이 오시면 이들도 갑자기 활기차고 정중해졌다. 욘네는 한마디 말도 안 했지만 매료된 게 분명했다. 그들 중 누구도 우리에게 특별히 주의를 기울이지는 않았지만 그래도 잔이 비지 않도록 신경을 써 주었고, 내가 식탁에 더 가까이 앉을 수 있도록 비켜 주었다. 그들의 대화는 점차로 사그라들었고, 우리는 섬처럼 앉아 있었다. 아무도 우리가 뭘 하는지 묻지 않았고, 그냥 모르는 사람들로 치부해 버렸다. 우리 주변에서는 파티가 슬슬 끝나 갔고 방은 침침해졌다. 아이들도 보이지 않았다. 누군가가 갑자기 천장 조명을 켰고, 호밀파이가 들어왔다. 이름이 유크수라던 사람이 일어났고, 우리도 어느샌가 일어나 다 함께 현관으로 나와서 외할머니께 극진한 인사와 애정 표현을 하고는 내려가는 엘리베이터를 탔다. 그 와중에 외할머니는 나에게 귀엣말을 하셨다. "저 사람들한테 술 사지 마라. 저쪽은 세 명이고, 너희 돈으로는 감당 못 할걸." 할머니는 유크수가 외투에 숨긴 위스키병을 보신 것 같았다.

2

　길에 나오니 추웠다. 그리고 쥐 죽은 듯 고요했다. 차도 사람도 없고, 봄밤이 자주 그렇듯이 햇빛이 없는 듯하면서도 있었다. 아주 긴 침묵이 흐르고 나서야 우리는 통성명을 했다. 둘은 케케와 유크수, 턱수염이 있는 사람은 빌헬름이라고 했다.

　"움직여 볼까." 그가 말했다. "시내로 내려가지. 하지만 늘 가던 거기는 말고."

　"그래." 케케가 말했다. "거기는 가지 말지. 전 같지 않아. 어디든 가서 일단 앉고 보자고." 그는 나를 향해서 아주 상냥하게 물었다. "둘이 같이 산 지 얼마나 됐어요?"

　"두 달 됐죠." 내가 말했다. "음, 거의 두 달 반이네요."

　"살 만해요?"

　"네, 아주 좋아요."

　빌헬름이 말했다. "그냥 우리 자리로 가지. 신문 있는 거기."

　그곳은 항구에 있는 시장 건물 밖이었다. 우리는 각자 쓰레기통에서 신문을 꺼내 깔고 부둣가에 나란히 앉았다. 시장에는 아무도 없었다.

　"한 모금만 마셔요." 유크수가 욘네에게 말했다. "근데 잔이 없으니 부인께서 허락하신다면 그냥 입을 대고 마실 수밖에. 그런데 말이 별로 없네? 괜찮은 거요?"

　"괜찮습니다." 욘네가 대답했다.

　나는 빠지고 욘네만 그 사람들과 함께 있는 편이 좋겠다는 느낌이 들었다. 나는 빌헬름을 향해 예의를 갖춰 말했다. "여기 괜찮네요. 아무것도 심각하게 여기지 않는 사람들과 함께 있는 게 좋아요."

"댁은 엄청 젊군요." 빌헬름이 말했다. "당신의 외할머니는 훌륭한 분이죠."

함께 술을 마시다가 욘네가 갑자기 목소리를 높였다. "아까 말씀하시는 거, 인생이 다 뜻대로 되지는 않는다고 하시는 걸 들었어요. 그래도 희망을 놓지 말아야 해요. 자기 자신이나 남들에게서 뭔가 놀라운 일을 기대해야죠……. 눈을 높은 곳에 두어야 해요. 어차피 조금은 다시 낮아지기 마련이니까요. 무슨 말인지 아시겠어요? 활을 겨눌 때나 마찬가지죠……."

"그렇지, 그렇고말고." 케케가 분위기를 가라앉히며 말했다. "다 맞는 말이에요. 봐요, 저기 배가 들어오네요. 난 배가 좋아요."

우리는 한 모금을 더 마시고 천천히 부두로 들어오는 어선들을 바라보았다. 두 명의 경찰이 다가왔다. "케케, 잘 지내나?" 한 명이 말했다. "아, 미안, 손님들이 계셨네. 담배 있나?"

그들은 담배를 하나씩 얻어서 떠났다.

봄 하늘 높은 곳에, 텅 빈 장터 위에 꿈처럼 흰 대성당이 자리 잡고 있었다. 헬싱키는 말로 표현할 수 없을 만큼 아름답다. 전에는 이렇게 아름다운 줄 몰랐다.

"성 니콜라우스 성당." 유크수가 말했다. "뭐 하나 그대로 두지를 못해. 대성당이라니. 어리석은 짓이지. 아무 의미도 없잖나."[3] 그는 빈 유리병을 물에 내려놓고, 요새는 제대로 된 시를 쓸 수 있는 사람이 아무도 없다는 말을 덧붙였다.

5월 무렵에 어두워질 수 있는 만큼 어두워져 어느새 밤이

---

3   1917년 이전에는 성인의 이름을 붙여 '성 니콜라우스 성당'이라고 불렸는데, 이후 '대성당'이라는 명칭으로 바뀌었다.

되었다.[4] 하지만 불을 켤 필요는 없었다.

"궁금한 게 하나 있어요." 내가 말했다. "수용이라는 게 무슨 뜻이죠?"

"관찰이에요." 빌헬름이 대답했다. "무언가를 보고 거기서 원래 있던 개념을 인지하게 되는 거죠. 아니, 새로운 개념이라고 하는 게 낫겠네요."

"그래요." 케케가 말했다. "새로운 개념이죠."

나는 추웠고 갑자기 짜증이 나서, 팔순 잔치는 정말 말도 안 되는 바보 같은 짓이라고 말했다.

"저런 저런." 빌헬름이 말했다. "나름 괜찮은 파티였잖아요, 이제 끝났지만. 이제 우리는 이렇게 앉아서 숙고할 뿐이죠."

"뭘 숙고하는데?" 유크수가 말했다.

"우리에 대해 생각하지. 모든 것에 대해서."

"할머니는 무슨 생각을 하실까요?"

"그야 아무도 모르죠."

빌헬름은 계속 말했다. "예를 들면 주당 오십 건에 대해? 다리가 떨어지라고 뛰어다니지. 그런데 애송이들을 위해서만 시간을 낼 수 있다나. 쓰레기 같은 것들."

"누구 얘기죠?" 내가 물었다.

"비평가들. 일주일에 전시회 오십 건."

"그리고 물어보는 사람도 없지." 케케가 말했다. "우린 끝났어. 우리가 비평의 대상이 되었던 건 옛날이라고." 그는 말을 이었다. "밑이 차가워지는데, 좀 움직여 볼까?"

---

4   북위 60도에 위치한 헬싱키에서는 5월이면 해가 4시에 떠서 22시 이후에 진다.

물가 쪽으로 걸어가면서 그는 나에게 인생에서 원하는 것이 뭐냐고 물었다.

나는 잠시 머뭇거리다가 대답했다. "사랑이죠. 그리고 아마 보호?"

"그렇지." 그가 말했다. "맞는 얘기예요, 어떤 면에서는. 적어도 댁으로서는요."

"그리고 여행이요." 내가 덧붙였다. "여행에 관심이 정말 많죠."

케케는 잠시 조용하더니 말했다. "관심이라. 아시다시피 나는 아주 오래 살았죠. 그러니까 일도 아주 오랫동안 했어요. 그 말이 그 말이죠. 그런데 보세요. 여기서 제일 중요한 건 흥미예요. 흥미라는 건 생기기도 하고 사라지기도 해요. 처음에는 가만히 있어도 생기는데 내가 알아보지를 못하죠. 그래서 그냥 낭비해 버려요. 나중에는 잘 가꿔 줘야 하는 무언가가 되지요."

날씨가 지독하게 추웠다. 그의 걸음은 너무나 느렸고, 나는 추위에 떨었다.

그가 말했다. "그림을 눈에서 놓치게 되는 거지. 우리 이제 담배 없지?"

"없기는." 유크수가 말했다. "필립 모리스 있어. 할머니가 내 주머니에 넣어 주셨지. 인생을 아신다니까."

케케는 다른 일행에게 갔다. 그들은 담배에 불을 붙이고 아까처럼 느리게 걸었다.

욘네와 뒤에서 걸을 때 내가 속삭였다. "이 사람들 지켜 워? 집에 갈까?"

"쉿!" 그가 말했다. "뭐라고 하는지 듣고 싶어."

"그 사람, 점토 말이야." 빌헬름이 말했다. "어느 아마추어가 가져갔어. 설치고 다니는 조무래기. 아무것도 아닌 놈이 말이야. 죽은 지 이틀도 안 되었는데 이 쓰레기가 와서 미망인에게 돈 같지도 않은 돈을 주고 점토를 샀지. 나이가 많았으니까, 점토가 어땠을지 상상해 봐."

"욘네, 잠깐 기다려 봐." 내가 말했다. "신에 흙이 들어갔어."

하지만 그는 그 사람들에게로 갔다.

다시 돌아온 그는 서두르며 들은 말을 전했다. 점토는 시간이 흐를수록 점점 생명이 생기기 때문에 조소 작업을 할 때는 늘 같은 점토를 쓰며 언제나 촉촉하게 보관해야 한다고, 새 점토는 그만 못하고 생명이 없다고.

그중에 누가 조각가냐고 물었지만 욘네는 몰랐다.

"그림을 보는 얘기만 했어." 그가 말했다. "난 몰라." 하지만 그는 상당히 흥분을 해서 집에 뭐가 있는지, 내놓을 게 있는지 물었다. "아직 시간도 별로 안 늦었잖아." 욘네가 말했다. "이런 기회가 또 오지는 않을 거야. 나는 지금 이게 중요해."

나는 집에 내놓을 주전부리가 별로 없다는 사실을 알았고, 욘네도 모를 리가 없었다. 안초비 조금과 빵, 버터와 치즈 그리고 포도주 한 병이 전부였다.

"괜찮아." 욘네가 말했다. "우리는 그냥 마시는 척만 하면 어느 정도 있다가 가겠지. 그럼 넉넉해. 그렇지 않아? 집에도 거의 다 왔고."

"그러자." 내가 말했고, 그는 웃었다. 카이보푸이스토[5]는 매우 아름다웠다. 모든 것이 자라고 잎망울도 터지고 있었다.

5   헬싱키의 공원.

갑자기 더 이상 피곤하지 않았고, 내 머릿속에는 이제 욘네가 즐거워하리라는 사실밖에 없었다.

우리는 벌써 온통 꽃이 피어 봄밤에 새하얗게 빛나는 귀룽나무 앞에 멈추어 섰다. 나무를 보다 보니, 나는 지금껏 욘네를 제대로, 그러니까 온전히 사랑하지 못했다는 생각이 들었다.

케케는 나를 보고 말했다. "거기 그건 그냥 선물이에요. 별 뜻 없어요."

나는 이해가 안 되었다. 우리는 계속 걸었다.

그가 말했다. "당신 할머니는 사실 나무 말고는 그리신 게 없죠. 늘 똑같은 공원의 나무였어요. 마지막에는 나무를 알게 되셨죠. 나무의 본질을 깨달으신 거예요. 아주 강한 분이셨어요. 흥미를 잃으신 적이 없죠."

물론 나는 놓쳐 버린 자신의 관심사만을 추구하고 다른 무엇에도 개의치 않는 사람들을 대단히 존경했지만, 동시에 커피가 충분할지, 혹시 집 안은 지저분하지나 않을지 걱정이 되었다. 그리고 집에 무슨 그림이 걸려 있는지 생각하기 시작했다. 말도 안 되는 그림들이, 우리가 이유도 모르면서 좋아했던 그림들이 걸려 있는지도 모른다. 케케가 다가와서 춥냐고 물었다.

"괜찮아요." 내가 말했다. "이 길 끝까지 가면 바로 집이에요."

"하시는 일에 대해 할머니가 이야기하신 적이 있나요?"

"아니요. 그런 일은 없었어요."

"그래요." 케케가 말했다. "그래요. 1960년대에 사람들이 할머님을 깔아뭉개려고 했지만 어떤 경우에도 자신의 스타일을 지키셨죠. 그러니까, 아, 이름이 뭐라고 했죠?"

"마이예요." 내가 대답했다.

"그래요. 그 당시는 어디를 가든 비형식주의뿐이었어요. 모든 사람이 똑같이 그려야 했죠." 그는 나를 바라보았고, 내가 못 알아듣자 설명했다. "비형식주의라는 건 추상적으로 그리는 거예요. 색깔만 있죠. 나이 들고 능력 있는 예술가들이 자기들 아틀리에에 숨어서는 젊은 사람들처럼 그려 보려고 애를 썼죠. 겁을 먹고 대세를 따라가려고 한 거예요. 그걸 해낸 사람들도 있지만 낙오되어 다시는 일어서지 못한 사람들도 있어요. 할머니는 자신의 스타일을 지키셨고, 다른 건 다 지나갔지만 그 스타일만은 남았죠. 용감하셨어요. 아니면 고집이 세셨다고 해야 할지."

나는 조심스럽게 말했다. "할 줄 아시는 게 그것뿐이셨을 수도 있죠."

"아주 훌륭해요." 케케가 말했다. "그것밖에 못 하셨다. 나에게 위로가 되어 주시는군요."

대문 앞까지 왔을 때 내가 말했다. "이웃들이 싫어할 수 있으니까 이제 조용히 해야 해요. 욘네, 들어가서 냉장고에서 뭐든지 좀 꺼내 오지?"

집에 왔다. 욘네는 적포도주와 잔을 꺼내 왔고, 우리 손님들은 자리를 잡고 대화를 이어 갔다. 등을 따로 켜지 않아도 밖에서 들어오는 빛만으로 충분했다.

시간이 조금 흐르자 욘네는 그들이 구경할 만할 물건이 있을지도 모른다고 말했고, 나는 그가 배 모형을 보여 주려 한다는 점을 눈치챘다. 그것은 이미 몇 년째 거기에 매달려 있었고, 작은 부속품 하나하나 다 손으로 만든 거였다. 일행은 창고로 갔고, 욘네는 천장에 달린 전등을 켰다. 낮은 목소리로 대화하는 소리가 들렸고, 나는 그들을 내버려 두고 커피를 끓였다.

윤네가 천천히 작은 부엌으로 돌아왔다. "나보고 어떤 흥미를 지니고 있대." 그가 속삭였다. "나에게 아이디어가 있대." 그는 매우 들떠서 말을 이었다. "그런데 그건 그 사람들이 찾아다니는 아이디어는 아니라네."

"잘됐네!" 내가 말했다. "커피를 들여가면 나머지는 내가 가지고 갈게."

부엌에서 나왔더니 빌헬름은 집에 오는 길에서 봤던, 꽃이 가득 핀 귀룽나무 이야기를 했다. 그가 입을 열었다. "이런 건 어떻게 해야 하지?"

"꽃을 피우게 둬야지." 케케가 말했다. "아, 여기 안주인이 오시네! 그렇지 않아요? 꽃을 피우도록 내버려 두고 즐겨야죠? 그것도 살아가는 한 가지 방식이에요. 그걸 재생산하는 건 또 다른 삶의 방식이고요. 결국 그 얘기죠."

다들 떠나고 나자 윤네는 자러 갈 때까지 말이 없었다. 그러더니 그가 말했다. "나는 별것 아닌 데에 흥미를 가지고 있는지도 몰라. 하지만 그건 적어도 나 자신의 몫이지."

"그래." 내가 말했다.

여름 손님

처음부터 바켄에서는 아무도 그를 좋아하지 않는 게 분명했다. 그는 열한 살의 침울하고 깡마른 아이였고, 어딘가 굶주려 보였다. 보통이라면 이 소년은 보호 본능을 자극했겠지만, 그런 일은 전혀 일어나지 않았다. 사람들을 바라보는, 아니 관찰하는 아이의 태도 때문이었다. 의심에 가득 차 꿰뚫어 보는 눈빛에는 아이다운 데라고는 전혀 없었다. 그리고 끝까지 바라보고 나서는 애늙은이처럼 평가를 내렸는데, 세상에 정말로 못 하는 소리가 없었다.

엘리스가 가난한 집에서 왔다면 좀 참을 만했겠지만 그것도 아니었다. 옷과 여행 가방은 사치스러웠고, 아이를 선착장에 내려 준 것은 아버지의 자동차였다. 모든 일은 광고와 전화를 통해 진행되었다. 프레데릭손 부부가 여름에 아이를 하나 맡기로 했던 것은 선의에서였고, 보수도 약간 받기는 받았다. 악셀과 한나는 이 일에 대해, 신선한 공기와 숲과 물과 건강한 음식이 필요한 도시 아이들에 대해 오랫동안 이야기했다. 양심에 거리낌 없을 선택은 단 한 가지뿐이라고 두 사람 모두 확신할 때까지, 부부는 사람들이 보통 하는 그런 온갖 말들을 계속했다. 그럼에도 6월이면 해야 하는 갖가지 일들이 그대로 있었고, 여름에 올 손님들의 배는 아직도 제법 육지에 닿은 상태였으며, 그중에는 점검도 끝나지 않은 배들도 있었다.

소년은 이제 도착했고, 안주인을 위한 장미꽃 한 다발을 들고 있었다.

"아니, 뭘 이런 것까지." 한나가 말했다. "엘리스, 엄마가 보내셨겠지?"

"아니요, 프레데릭손 부인." 엘리스가 대답했다. "어머니는 재혼하셨어요. 아빠가 사셨죠."

"친절도 하셔라⋯⋯. 그런데 기다릴 시간은 없으셨고?"

"아쉽지만 그랬어요. 중요한 회의가 있거든요. 인사를 전해 달라고 하셨어요."

"그래, 그래." 악셀 프레데릭손이 말했다. "이제 배를 타고 집에 가도록 하자. 아이들이 엄청 기다리고 있단다. 가방 멋있구나."

그러자 엘리스는 가방이 850마르크였다고 대답했다.[6]

악셀의 배는 큼직하고 탄탄한 어선으로, 그가 직접 만든 배였다. 소년은 마지못해 배를 탔고, 물이 한 번 튀자마자 좌석을 꼭 붙잡고 눈을 꽉 감았다.

한나가 말했다. "좀 천천히 가면 어때?"

"갑판실에 들어가라지."

하지만 엘리스는 좌석에서 움직일 엄두조차 내지 못했고,

6   마르크는 유로화가 도입되기 전 핀란드의 화폐 단위였다. 850마르크는 약 20만원.

배가 가는 동안 바다를 내다보지도 못했다.

부두에 오자 아이들, 톰과 오스발드, 그리고 미아라고 불리는 어린 카밀라가 다리 옆에서 기다리고 있었다.

"옳지, 그래." 악셀이 말했다. "얘가 엘리스란다. 톰하고 나이가 같으니 잘 어울리겠지."

엘리스는 부두로 올라왔고, 톰에게 가서 손을 잡고 가볍게 허리를 굽히더니 성과 이름을 밝혔다. "엘리스 그래스백이라고 해." 오스발드에게도 똑같이 했지만 미아에게는 그냥 눈길만 주었다. 미아는 어쩔 줄 모르고 킥킥 웃었으며, 손으로 입을 가렸다. 일행은 집으로 갔고, 악셀은 여행 가방을, 한나는 장바구니를 들고 있었다. 아이들은 식탁에 둘러앉아 엘리스를 뚫어지게 바라보았다.

"얘들아, 식사하자." 한나가 말했다. "엘리스가 처음 왔으니까 먼저 시작하렴."

엘리스는 반쯤 일어나서 몸을 약간 굽히더니, 준비된 오픈 샌드위치를 손에 들고는 날씨가 평년에 비해 덥다고 말했다. 아이들은 최면이라도 걸린 듯 그를 골똘히 바라보았고, 미아는 말했다. "엄마, 쟤는 왜 저래?"

"쉿!" 한나가 말했다. "엘리스, 연어 좀 먹으렴. 목요일에 네 마리나 잡았단다."

엘리스는 일어나서, 물이 이렇게 오염되었는데도 아직 연어가 잡히다니 놀랍다고 하더니 연어가 도시에서 얼마나 비싼지, 그러니까 혹시 평소에도 연어를 살 정도로 돈이 있는 사람이라면 돈을 얼마나 내야 하는지에 대해 이야기했다. 이 아이는 어딘지 모르게 사람들을 불편하게 했다.

저녁때가 되어 톰이 쓰레기를 버리러 바다에 가자 따라나

선 엘리스는 톰을 지켜보며, 오염된 바다에 대해서, 또 사람들이 온 지구를 그렇게 오염시키다니 얼마나 반사회적인 일인가 하는 이야기를 늘어놓았다.

"이상한 애야." 톰이 말했다. "대화가 안 돼. 온통 뭐가 오염되고 뭐가 비싸다는 말뿐이니."

"그냥 그런가 보다 하렴." 한나가 대답했다. "손님이잖니."

"아이고, 손님이라고요? 하루 종일 졸졸 따라다니잖아요!"

그 말은 사실이었다. 톰이 어디를 가건 엘리스가 따라붙었다. 보트 창고건, 바닷가 낚시터건, 목재를 쌓아 놓은 곳이건, 글자 그대로 언제 어디든지.

예를 들면 이런 식이다. "지금 뭐 해?"

"보시다시피 물을 퍼낼 바가지를 만들고 있지."

"왜 플라스틱 바가지를 안 써?"

"왜 그 소리 안 하나 했어." 톰이 깔보듯이 말했다. "이 바가지는 모양이 특별하거든. 만드는 데 시간이 꽤 걸릴 거야."

엘리스는 진지하게 그 말을 거들었다. "물론이지. 장식도 하고. 그래도 시간을 들여 어려운 일을 하는데 그 수고가 아깝네."

"무슨 말이야?"

"어차피 세상은 망할 거니까 플라스틱을 써도 상관없다는 말이지."

그러고는 다시 핵전쟁이니 뭐니 온갖 것들에 대해 밑도 끝도 없이 떠들어 댔다.

아이들의 방은 부엌 위 다락에 있었다. 경사진 지붕이 이 방의 천장이었고, 창은 풀밭을 향했다. 저녁이 되자 엘리스는 하염없이 옷을 개키고 옷걸이에 걸었다. 왼쪽 신발은 오른쪽 신발 옆에 가지런히 놓고, 손목시계의 태엽도 감았다.

"이거 봐, 그건 다 뭐 하자고 하는 거야? 당장 내일 아침에라도 핵전쟁이 날 수 있다며? 그럼 지금 그 고생은 다 프리베리의 오이랑 같이 쓰레기통으로 가는 거지."

"프리베리의 오이가 뭐야?" 엘리스가 물었다.

"에, 그냥 그런 말이 있어." 톰이 말했다.

"왜? 프리베리가 누군데?"

"바보 같은 소리 하지 말고 누워서 자. 이제 말 안 할래."

엘리스는 벽을 향해 누웠다. 침묵 탓에 숨이 막혔지만, 그가 무슨 생각을 하는지는 알 만했다. 곧 걷잡을 수 없이 새어 나올 것이다. 그리고 결국 그렇게 되었다. 오염된 바다와 오염된 공기 그리고 전쟁, 먹을 것도 없으면서 온 세상에 퍼져 있는 사람들, 우리가 이것도 해야 하고 저것도 해야 한다는 나지막한 한탄이.

톰은 똑바로 일어나 앉아 말했다. "하지만 다 엄청 먼 데 얘기잖아! 그게 너와 무슨 상관이야!"

"몰라." 엘리스가 대답했다. "나한테 화내지 마."

그제야 침묵이 왔다.

맏이인 톰은 오스발드와 미아가 무엇을 해야 할지 결정하고 동생들이 아무리 바보짓을 하더라도 그 문제를 해결하는 데 익숙했다. 그런 건 너무나 자연스러운 일이었다. 하지만 엘리스하고는 뭔가 달랐다. 동갑이었음에도 어떻게 할 수가 없었다. 그냥 화만 날 뿐이었다. 심지어 자기한테 대단하다고 해도 기분이 좋지 않았다. 그리고 불공평한 일투성이였다. 논병아리 사건 같은 게 그랬다. 새가 그물에 걸린 게 톰의 잘못은 아니지 않은가. 그런 건 그냥 살다 보면 생기는 일이었다. 톰은 논병아리를 물에 던졌고, 엘리스는 야단법석을 떨었다. "톰, 논병아리는 천천히 죽을 거야. 몇십 미터 깊이까지 빠진다고. 알고 있었어? 논병아리 입장을 생각해 봐. 얼마나 오랫동안 숨을 참을지……."

"미쳤니." 톰은 이렇게 말했지만 속이 상했다.

이런 말도 했다. "난 네가 새끼 고양이들을 어떻게 했는지 알아. 물에 빠뜨려 죽였지. 고양이들이 얼마나……." 등등 밑도 끝도 없는 소리를 해 대서 톰은 견딜 수가 없었다.

엘리스는 논병아리를 길 근처, 숲이 불타서 나무 밑동 사이사이에 분홍 바늘꽃만 자라는 곳에 묻었다. 엘리스는 그런 장소를 잘도 찾았다. 십자가를 세우고는 번호를 매겼다. 1번. 무덤의 수는 점점 늘어났다. 쥐덫에 걸린 희생자들, 유리창에 부딪혀 죽은 새들, 쥐약을 먹은 들쥐들, 모두 엄숙하게 묻히고 번호가 붙었다. 가끔씩 엘리스는 아무도 돌보지 않는 외로운 무덤 이야기를 했다. "너네 집안 묘지는 어디 있어? 궁금하다. 거기 묻힌 친척들이 많아?"

소년은 양심을 불편하게 하는 재주가 있었다. 때로는 그가 수심에 찬 조숙한 눈으로 바라보는 것만으로도 사람들은 자신의 온갖 죄악을 떠올리곤 했다.

어느 날 엘리스가 평소보다도 더욱 불길한 예언을 해 대자, 한나가 말을 잘랐다. "너는 죽어 가는 것들과 고통받는 것들에 대해서 엄청나게 잘 아는구나. 그렇지?"

그가 진지하게 대답했다. "그래야지요. 아무도 관심을 가지지 않으니까요."

한순간 한나는 자신도 모르는 무언가에 사로잡혀 이 아이를 끌어안고 싶었지만, 아이의 단호한 눈빛 때문에 그럴 수 없었다. 그리고 나중에 생각했다. '내가 모질게 대하면 안 되겠다. 더 잘해 줘야지.' 하지만 더 잘해 줄 수가 없었다. 얼마 지나지 않아 더 끔찍하고 용서할 수 없는 일이 일어났기 때문이다. 엘리스가 미아에게, 엉덩이를 보여 주면 3마르크를 주겠다고 한 것이다. "오줌 누는 게 보고 싶대." 미아가 말했다. 그에 못지않은 사건이 더 있었다. 엘리스가 집주인인 악셀에게 "저를 돌보는 대가로 얼마나 받으셨나요?" 하고 물은 것이다.

"뭐라고?"

"저를 여기 묵게 하고 한 달에 얼마를 받으셨나요? 암거래를 하신 건가요? 탈세를 하셨냐고요."

악셀은 아내와 눈길을 주고받더니 부엌에서 나가 버렸다.

그게 다가 아니었다. 엘리스는 고장 난 물건을 찾아내는 데에도 특별한 소질이 있었다. 계속해서 뭔가 망가진 것을 가지고 와서는 톰에게 보여 주었다. "이거 고칠 수 있어? 넌 뭐든지 고칠 수 있지? 이건 밖에서 비를 맞고 있었어. 봐. 말도 안 되지. 원래는 좋은 물건이었을 텐데 말야."

"내버려." 톰이 말했다. "내가 새로 만들면 되지. 부서진 거는 난 몰라."

엘리스는 쓰레기를 그가 만든 무덤 옆에 탑처럼 쌓아 놓았다. 탑은 점점 높아졌고, 그는 그 슬픈 수집품을 자랑스러워하는 듯했다. 언덕에 널려 있는 낡고 쓸모없는 물건들에는 아무도 신경을 쓰지 않았다. 누구 눈에도 뜨이지 않았다. 하지만 예리하고 비판적인 엘리스는 못 보는 게 없었다. 아무도 피할 수 없는 곧은 눈길로 그가 가족들을 바라볼 때면, 일할 때 그대로의 지저분한 옷과 손이 갑자기 마음에 걸렸다.

어느 날 한나는 약간 무게를 잡고 말했다. "이제 엘리스가 생각 좀 그만하고 밥이나 좀 먹었으면. 뼈에 살이 좀 붙어야 가을이 됐을 때 아버지 앞에서 부끄럽지 않을 텐데."

엘리스가 물었다. "가을까지 저를 데리고 있을 수 있으시 겠어요?" 아무도 대답하지 않자 그가 말했다. "여러분은 음식을 낭비하시네요. 먹을 거라고는 없는 사람들 생각을 해 보셨나요? 이런 말을 해서 유감이지만, 저는 여러분이 얼마나 낭비하는지 알아요. 그건 다 바다로 가죠."

"그만 좀 해!" 악셀이 소리치며 식탁에서 일어섰다. "나는 잠깐 가서 배나 살펴볼 테니까."

프레데릭손 가족은 지금껏 흥청망청 살았는지도 모른다. 생선이건 고기건 한나가 집에서 구운 빵이건, 완전히 신선하지 않으면 가족들이 좋아하지 않아서 상당한 양이 "프리베리의 오이"처럼 버려졌다. 엘리스는 얼마 지나지 않아 이를 알아챘다. 그는 냉장고에 가서, 상해서 양심에 거리낌 없이 버릴 수 있는 상태가 될 때까지 거기 묻혀 있곤 하는 남은 음식들을 건져 냈다. 그는 남은 음식들을 꼭 챙겨서 다시 꺼내 먹었다. 그러고는 이런 식으로 말했다. "아니요, 미트볼은 괜찮아요. 전 저번에 남은 생선 수프를 먹을게요."

"하하." 벌어지는 일들을 거의 다 보았고 생각을 많이 했던 오스발드, 여름 손님에게 형을 빼앗긴 오스발드가 말했다. "하하, 이제 네가 우리 쓰레기통 대신이구나. 맞지?"

"음식은 음식이다." 악셀이 말했다. "그리고 손님이 먹는 걸 두고 이렇네 저렇네 하는 건 예의가 아니지. 먹을 걸 두고 이러쿵저러쿵하는 게 아니다. 그냥 있으면 있는 거지."

"그렇지 않아요." 엘리스가 반대했다. "아무것도 없는 사람들을 생각해 보세요……." 하지만 그는 말을 이을 수 없었다. 악셀이 손으로 식탁을 치며 말했기 때문이다. "넌 이제 입 다물어. 그리고 너희들도! 집안에 평화라고는 없어졌으니!"

하지만 집 밖의 자연은 아주 평화로웠다. 바람도 거세지 않았고 가느다란 여름비가 왔으며, 저 아래 들판에는 사과꽃이 피어 모든 것이 더할 나위 없이 아름다웠다. 다른 해 여름이라면 톰은 백야에 숲속과 바닷가를 헤치고 다녔겠지만, 올해는 그러고 싶은 마음이 사라졌다. 더 이상 혼자만의 시간은 없었다.

"엄마." 톰이 말했다. "도대체 그 애는 언제까지 있는 건가요?"

"왔다가 또 가는 게 사람들이지." 한나가 대답했다. "그냥 편하게 생각하렴. 모든 것은 때가 있으니까, 이러다가 지나가겠지."

문제는 엘리스가 자신의 모든 주장을 모두 거스를 수 없는 통계 자료로 뒷받침할 수 있었다는 것이었다. 뉴스 시간이 되면 그는 라디오에 매달려서 이 세상의 모든 새로운 고통을 머리에 넣고 전부터 알고 있던 고통들은 더 단단하게 다졌다. 관심이 있는 프로그램은 뉴스뿐이었다. 하지만 때로는 실제로 일어난 재앙에 자신의 상상을 섞었고, 이런 상상은 미래에 대한 암울한 걱정을 점점 더 심해지게 했으니, 그럴 때면 톰은 이러지도 저러지도 못했다.

어쨌건 엘리스가 가까이에 있으면 언제나 최악의 상황에 대비해야 했다. 가까운 도시의 병원에 오래 입원해 계셨던 외할머니의 예가 그렇다. 엘리스가 들어오더니 "방금 숨이 끊어졌어요!"라고 외친 것이다. 알고 보니 할머니가 아니라 다리가 하나뿐인, 엘리스가 일주일 동안 데리고 있던 까마귀 이야기였다.

어느 날 한나가 할머니께 문안을 가려고 버스에 타려는 참에 엘리스가 같이 가도 괜찮겠느냐고 물었고, 한나는 안 될 게 뭐냐고 생각했다. 걱정스러운 아이지만 그래도 고통받는 모든 것들에 대해 동정심이 있었으니까.

하지만 이 일은 다시는 반복하고 싶지 않은 경험이 되었다. 옆에서 아이가 한숨을 들이쉬고 내쉬는 게 외할머니 마음에 들지는 않았으니까. 엘리스는 걱정스럽게 머리를 흔들었고, 마지막 작별을 하듯이 할머니와 악수를 했다. 아이가 잠깐 나갔을 때 할머니는 화를 내며 말씀하셨다. "네가 끌고 온 저 말도 안 되는 애는 대체 뭐냐?"

이 여름 손님의 영향력은 식구들 모두에게 미쳤고 누구도 그것을 피할 수 없었다. 어쩐지 아이를 두려워하는 것 같기도 했다. 악셀은 이제 식사 후에 파이프를 피우는 대신 바로 보트 창고로 갔다. 성질이 괴팍해졌고, 어느 날 엘리스가 그의 연수입과 정치적 관점에 대해 묻자 생선 수프를 먹다 말고 일어나서 밖으로 나갔다. 아직 아무것도 모르는 꼬마 미아 역시 무언가 달라졌음을 느껴서, 칭얼거리기 시작하고 까다로워졌다. 한편 오스발드는 질투심을 감추지 않고 겉으로 드러냈다. 톰은 더 이상 동생을 위해 시간을 내지 못했고, 함께 낚시를 가도 가까웠던 전처럼 친근하고 편안하지 않았다. 오스발드는 독설이 늘었다. "그 불쌍한 대구를 정말로 죽일 거야?", "오늘은 그물에 정말 시체가 많네!" 하는 식으로. 모두들 처참해졌다.

악셀과 한나는 이 여름 손님을 데려온 게 톰에게 지나친 부담이 되었다는 사실을 알았지만 어쩌겠는가. 매일매일 할 일이 잔뜩 있으니, 아이들은 스스로 알아서 자신을 챙길 수밖에.

어느 날 악셀이 말했다. "톰, 장작은 내버려 두고 엘리스 좀 챙겨 주렴."

"차라리 장작을 팰래요." 톰이 대답했다. "하지만 어차피 따라올 텐데 뭐가 다르겠어요?"

"마음대로 하렴." 악셀 프레데릭손은 어쩔 수 없다는 듯 대답하고 가 버리더니 다시 돌아보며 말했다. "미안하다."

불쌍한 도시 아이를 도와주고자 손을 내밀었다고 생각했지만, 그게 아니라 세상의 악과 고통을 끊임없이 상기시키는 떼어 낼 수 없는 감시자를 목에 매단 셈이었다. 도시 사람들은 아이들이 남을 불신하도록 가르치고 자기 나이에 감당할 수도, 이해할 수도 없는 양심을 갖도록 가르치는 것일까? 악셀은 아내에게 이 생각을 말했고, 한나는 그런 것 같다고 했다. 소년에게는 뭔가 변화가 필요했다. 이렇게 바다가 고요하고 아름다울 때 아이를 하루 데리고 나가면 어떨까? 한나는 그 틈에 로비사에 사는 친척들을 방문할 수 있고, 악셀은 휘발유 통을 들고 등대에 가 볼 수 있겠다. 악셀은 그 계획이 괜찮게 들렸다. 베스터보다의 연안 경비대에서 바로 그날 아침에 등대가 꺼졌다고 연락이 왔었으니까. 그는 휘발유를 채우고 기름통을 실으러 갔고, 한나는 도시락을 준비하기 시작했다.

엘리스는 매우 흥분했다. 폭풍이 칠까 두려워 기압계를 두드렸고, 등대섬에 대해 자꾸 물었다. "진짜 섬이야? 아주 작은 섬?"

"새똥만 하지." 톰이 대답했다. "왜?"

엘리스는 진지하게, 행복의 섬이라는 이야기를 읽은 적이 있는데 그 섬은 아주 작았었다고 말했다.

"어렵겠니." 톰이 대답했다. "아빠가 기다리니까 가자."

"자, 배로 뛰어내려라." 악셀이 외쳤다. "이제 모든 걱정은 잊고 여행을 즐기는 거야."

아이들은 배로 뛰어내렸다. 한나는 배가 직선으로 나아갈 때까지 부두에 서서 손을 흔들었다. 화창하고 따뜻한 날이었다. 적운이 바다에 비쳤고, 수평선이라고는 보이지 않았다. 엘리스는 배의 난간에 매달려 섬들을 바라보다가 가끔 머리를 돌려 톰을 향해 웃었다. 이번만은 즐기고 있는 듯했다. '미친 놈. 이제 좀 쉬는구나.' 톰이 생각했다. '이제 세상이 망할 생각은 안 하고 그냥 너 혼자만 즐기는구나.' 억울하고 속상한 마음이 내면에서 파도처럼 밀려왔고, 그는 전혀 마음을 쓰지 않기로 했다. 밖으로 나갈 때부터 집에 돌아갈 때까지.

첫 번째 등대는 아주 낮은 섬에 있었고, 가운데에는 바람에 밀려온 덤불들이 쌓여 있었다. 섬에 올라가자 갈매기들이 날아올라 크게 울면서 섬 위를 맴돌았다. 악셀은 기름통을 육지로 내려서 등대 쪽으로, 평평한 바위를 넘어 끌고 올라갔다.

엘리스는 처음엔 작대기처럼 뻣뻣하게 가만히 서서 바라보더니, 나중에는 덤불로 오르락내리락했다. 솜털오리들이 큰 소리를 내며 둥지에서 날아올랐지만 엘리스는 못 본 것 같았다. 그는 이리저리 다니며 큰 소리로 외치더니 시로미 덤불로 몸을 던졌다.

"제가 제정신이 아니라고 했죠." 오스발드가 웃긴다는 듯이 말했다. "그리고 저런 인간이 하루 종일 따라다닌다고요. 훌륭한 친구가 생긴 거죠."

톰은 누워서 세상 걱정을 잊고 하늘을 보고 있는 엘리스에게로 천천히 걸어갔다.

엘리스가 말했다. "난 섬처럼 보이는 진짜 섬은 처음이야. 이 섬은 너무 작아서 내가 주인을 할 수도 있겠어."

"말도 많네." 톰이 말했다. "하지만 섬은 솜털오리들의 것이기도 해." 그러더니 그는 가 버렸다.

악셀이 돌아와서 다음 등대로 갈 차비를 하자 엘리스는 따라오려 하지 않았다. "여기 있을래요." 그가 말했다. "저는 여기, 이 섬이 좋아요."

"하지만 우리는 몇 시간 있어야 돌아올 텐데." 악셀이 반대했다. "멀리 떨어진 등대 몇 곳에 가 봐야 하거든. 그리고 거기는 훨씬 아름답단다. 높은 바위도 있고, 네가 좋아할 것들이 많지."

"상관없어요." 엘리스가 말했다. "그냥 가세요. 저는 여기 있을게요."

소년의 생각을 바꿀 수는 없었다. 결국 악셀은 톰을 불러 말했다. "내가 돌아와서 너희를 데려갈 때까지 네가 엘리스하고 같이 여기 있는 게 좋겠다. 다니다가 바다에 빠질 수도 있고 또 무슨 바보짓을 할지 모르는데, 우리가 그 아이를 책임지고 있잖니."

꼬마 미아가 외쳤다. "다음 등대로 갈래요. 다음 등대로!"

"하지만 아빠, 그럼 저는 저 아이하고 몇 시간이고 이 손바닥만 한 섬에 있어야 할지도 모르잖아요!" 톰이 말했다.

"충분히 그럴 수 있지." 아버지가 말했다. "살다 보면 때때로 즐겁지 않은 일도 해야 하는 법이란다."

"그 애한테 썩어 가는 새나 몇 마리 찾아 줘 봐!" 오스발드가 배에서 외쳤다. "애 잘 봐!"

다음 등대에 가서야 악셀은 아이들에게 도시락을 건네주지 않았다는 사실을 깨달았다. 한나라면 절대로 잊어버리지 않았을 텐데. 하지만 상관하지 말자. 이 정도에 그친 게 다행이다.

한 시간 후에 정말로 그보다 더한 일이 벌어졌다. 연료 파이프가 나갔는데, 바로 쉽게 고칠 수 있는 일이 아니었다.

"이거 봐." 엘리스가 말했다. 경건하다고 할 정도의 말투였다. "이 섬은 정말 놀라운 곳이야. 멀리 떨어져 있어서 위험이 다가올 수 없잖아. 그리고 물도 정말 깨끗해."

"그건 네 생각이지." 톰은 대답하고 곶으로 더 나아가 조약돌을 바다로 던지기 시작했다. 할 거라고는 하나도 없었고, 누구에게도 즐겁지도 유익하지도 않은 시간이 흘러가기를 마냥 기다릴 수밖에 없었다. 하하, 놀라운 행복의 섬이라니. 말도 안 돼. 암울한 생각들이 떠올랐다가 사라지고 또다시 돌아왔다. 내내 침울함과 감시의 그늘에서 보낸 여름이었다. 온전히 혼자 있는 건 아예 불가능했고, 온갖 바보 같은 장례식과 쌓아 놓은 쓰레기 더미들로 뒤덮여 버렸다. 오늘의 문제만으로도 부족해서 내일의 걱정까지 들어야 했다. 모든 게 점점 나빠지기만 할 거라니, 정말 부당했다.

이때 엘리스가 눈을 동그랗게 뜨고 오면서 외쳤다. "대양 한가운데의 잊힌 섬! 환상적이야. 정말 깨끗해. 세상에서 뚝 떨어지고 발길이 끊긴 곳이지."

"너나 환상적이어라." 톰이 말했다. "그리고 올해처럼 솜털오리가 많다면, 내 생각엔 정말 발길이 끊긴 곳이라고 할 수는 없어." 그는 어깨를 으쓱하며 덧붙였다. "그런데 네가 하는

짓을 보니 그렇게 새끼들이 많지는 않겠다."

"무슨 말이야?"

"아, 뭐 그냥, 솜털오리를 놀라게 하면 둥지로 돌아오지 않는다는 얘기지. 아주 예민한 새들이거든."

엘리스는 말이 없었다. 팔꿈치를 옆구리에 딱 붙이고 가느다란 목을 앞으로 숙이고는 천천히 시로미 덤불 속으로 점점 더 들어가는 엘리스를 보자니 우스웠다. 이제 그는 다른 사람이 양심의 가책을 느끼게 하면 어떤 기분이 되는지를 진짜로 깨닫고 있었다. 톰은 그를 따라갔다. 엘리스는 멈추어 서서 새끼 다섯 마리가 있는 둥지를 내려다보았다. 어두운 색깔의 아주 작은 새끼들이 둥지에서 꼼짝 안 하고 있었다.

"이제 얘들은 어떻게 되는 거야?" 그가 속삭였다.

"생각하지 마. 그냥 너는 네가 '대양 한가운데의 잊힌 섬'에 왔다는 생각만 해. 네가 그렇게 말하지 않았어? 이런 작은 섬이 실제로 잊힐 수 있다는 건 너한테도 중요하겠지? 여기를 다시 찾는 건 정말 어려워."

엘리스는 그냥 바라만 보았다.

"안 믿어? 하지만 전에도 그런 적 있다고." 톰은 앉아서 턱을 괴고 말했다. "겁을 주려는 건 아니야. 하지만 여기저기 해변에서 뼈가 발견된 적이 있지. 어쩔 수 없는 일이니까 그냥 잊는 게 최고야. 어쨌든 생각해 보라고. 거기 앉아서 기다리고 기다리는데 아무도 안 오는 상황을 말이지."

"하지만 지도를 갖고 가셨잖아." 엘리스가 말했다.

"그래? 하지만 지금 생각해 보니 해도를 집에 놓고 나온 거 같은데……. 아이구, 아이구, 큰일 났네." 톰은 한숨을 쉬면서 손가락 사이로 엘리스를 바라보았다. 너무나 웃고 싶었다.

자, 이제 기다리던 재앙이 진짜로 일어났지. 더하게 만들어 줄 게. 조금만 기다려.

엘리스는 가서 바위 뒤에 앉았다. 해는 오후를 향해 넘어 갔고, 숲모기들은 웅웅거렸으며, 물새들은 둥지로 돌아갔다.

배가 고파진 톰은 좋은 생각이 났다. 그는 엘리스에게 다 가가서 상황이 좋지 않다고, 먹을 게 없다고 말했다. 세상의 수많은 불쌍한 사람들하고 똑같이. "물론 시로미를 먹을 수 도 있지." 그가 말했다. "하지만 위장에 엄청난 해가 갈 수 있 어. 목이 마르면 바로 네 뒤에 물이 고여 있어. 하지만 물은 오 래되어서 심지어 벌레가 죽어 있을지도 모르지." 그리고 말을 보탰다. "하긴 뭐 이빨 사이로 거르면 되겠지." 하지만 그 순간 정신을 차리지 않고 너무 과장했음을 깨달았다. 지나치게 인 신공격을 하면서 정도를 넘었다. 엘리스는 한참 그를 날카롭 게 바라보더니 고개를 돌려 버렸다.

바다는 한결 따뜻한 빛깔을 띠었다. 한 시간 한 시간이 흘 렀다. 악셀이 올 시간은 한참 전에 지났다. 할 수 있는 일이라 고는 엘리스에게 겁을 주는 것뿐이었다. 아버지는 왜 안 올까. 왜 이런 식으로 하루 종일 걱정을 시키고 시간을 낭비하게 하 는 것일까. 점점 불안해지기 시작했고, 견딜 수가 없었다.

"엘리스!" 그가 외쳤다. "어디 있니? 빨리 나와!"

엘리스가 나와서 올려다보았다.

"잘 들어 봐." 톰이 말했다. "너한테 할 말이 있어. 지금 날 씨가 이상해. 이러다가 폭풍이 올지도 몰라."

"아주 고요한데." 엘리스가 못 믿겠다는 듯이 말했다.

"폭풍의 눈이지. 원래 그런 거야." 톰이 설명했다. "넌 바 다에 대해서는 아무것도 모르잖아. 갑자기 팡 하고 올 수 있어. 파도가 섬을 다 뒤엎는다고."

"하지만 등대가 있잖아?"

"문이 잠겼잖아. 우리는 못 들어가." 그는 그냥 계속했다.
"그리고 밤에 뱀이 나오면……."

"너 지금 지어내는 거지?"

"그럴 수도 있고 아닐 수도 있지. 넌 어쩔 건데?"

엘리스는 천천히 말했다. "너 나 싫어하는구나."

그 와중에 가장 큰 문제는 할 게 없다는 점이었다. 톰은 칼
집에서 칼을 꺼내서 바람에 쓰러진 덤불을 헤치고 들어가, 밖
에서 놀 때 오스발트에게 만들어 주던 오두막을 만들기 위해
나뭇가지를 잘랐다. 자르고 깎다 보니 목에 땀이 흘렀다. 다
쓸데없는 일이었지만, 엘리스가 하염없이 바라보는 것을 견
딜 수 없었고 저녁이 다 되도록 배는 오지 않았으니……. 이런
상황에 엘리스는 조난 신호를 할 거냐고 묻는다.

"아니! 우리는 성냥도 없어!" 톰은 지붕을 들어서 덤불에
고정시켰다. 속 터지는 상황이었다. 모든 게 다 속 터지고, 오
지 않는 배도 속 터졌다. 등대가 고장 났을까? 아니다. 그랬다
면 바로 돌아왔을 것이다. 뭔가 다른 일, 심각한 일이 있는 것
이다……. 이때 지붕이 통째로 무너졌다. 그는 엘리스에게 몸
을 돌려 급히 외쳤다. "너는 폭풍이 어떻게 시작되는지도 모
르지! 겪어 본 적도 없잖아! 온통 어두워진다고……. 그리고
이상한 소리가 점점 다가오지. 새들도 조용해져……." 이 말
은 분명히 효과가 있었다. 그는 말을 계속했다. "악천후가 시
작되기 전에는 해수면이 올라가지만, 어떤 때는 내려가지. 재
앙이야! 지금 물이 얼마나 빠졌는지 보이지? 어디를 봐도 초

록색으로 끈적거리는 것들뿐이잖아. 그리고 바닷물이 벽처럼 높이 솟아서 밀려 들어오면 세상 아무것도 저항하지 못해."

"왜 그러는 거야?" 엘리스가 속삭였다.

"뭐 말이야?"

"왜 나를 싫어해?"

"그럼 너는 왜 나를 귀찮게 구는데? 나는 이제 다 지겹다고. 이제 재미도 없어! 어디라도 누워서 잠 좀 자라."

"뱀은 어쩌고? 난 무서워!"

"알았어, 알았어, 알았어. 뱀은 없어." 톰이 서둘러 외쳤다. "이런 작은 섬에는 뱀이 안 나와. 난 지겹다니까! 온갖 시도를 다 해 봤지만 너는 그대로야. 계속 이상한 소리만 하고, 결국 나까지 너처럼 이상해지잖아. 그리고 아까 왔어야 하는 아빠도 오지 않고."

"난 무서워." 엘리스가 다시 말했다……. "넌 뭐든지 할 수 있잖아!" 그는 갑자기 톰의 셔츠를 붙잡았고, 무섭다고 계속 징징거렸다. "네가 겁을 줬잖아." 그가 외쳤다. "뭐라도 해 봐. 넌 뭐든지 할 수 있잖아!"

톰이 너무나 세게 몸을 빼냈기 때문에, 엘리스는 뒤로 넘어졌다. 이끼에 앉아 바라보는 그의 큰 눈은 작은 구멍처럼 작아졌고, 그는 천천히, 아주 작은 소리로 말했다. "그래, 그래. 너희 아빠가 한참 전에 왔어야 했지. 왜 안 온 걸까? 우리를 못 찾았을 리는 없어. 그건 네가 나를 겁주려고 한 말이지. 무슨 일이 생긴 게 분명해."

엘리스는 잠시 멈추더니 의기양양하게 말했다. "다리가 부러져서 누워 있을 거야! 그러니 우리가 기다리고 기다려도 올 리가 없지."

"말도 안 되는 소리." 톰이 화가 나서 말했다. "그런 일은 언덕에 얼음이 언 겨울에만 생겨." 그런데 갑자기 지난가을에 아빠를 기다리던 기억이 났다. 아버지가 오스발드를 데리고 등대를 돌보러 갔는데, 휘발유에 불이 붙고 렌즈가 폭발해서 얼굴로 튀어 눈이 멀 뻔하고, 오스발드가 엉엉 울면서 길을 찾아 간신히 집에 왔던 것이다…….

엘리스는 계속 톰의 얼굴을 관찰하며 같은 식으로 말을 이어 갔다. "집에서는 아무것도 모르고 있지. 시간은 점점 늦어지는데. 끝에 가서야 뭔가 일이 있었다는 걸 알게 되겠지. 어떻게 생각해?"

"넌 남자도 아니라고 생각하지." 톰이 소리쳤다. "너 지금 겁이 나는 거지? 네가 무서워하는 냄새가 여기까지 나…….."

갑자기, 믿을 수 없는 속도로 벌떡 일어난 엘리스가 톰에게 몸을 던졌다. 격앙되어 일그러진 입술 사이로 두 줄로 나란히 번뜩이는 이가 보였고, 뼈가 느껴질 정도로 억세고 분노에 눈이 먼 손이 톰을 내동댕이쳤다. 둘은 이미 어둑어둑해진 가문비나무 아래에서 굴렀고, 얽히고설킨 낮은 나뭇가지로 덮인 땅바닥에서 싸웠다.

"여름 손님이라고? 넌 여름 쓰레기다. 놓지 못해? 안 놓으면 내가 무슨 짓을 할지 몰라! 계속 때릴 거야!"

그에게 깔린 마르고 뼈투성이인 작은 몸뚱이는 터질 정도로 긴장을 했다. 패배란 둘 중 누구에게도 상상할 수 없는 일 같았다. 계속할 수밖에 없었다. 아무 말도 없이, 소리도 없이, 숨도 헐떡거리지 않고 그냥 싸웠다. 톰은 상대를 내동댕이쳤고, 둘은 서로에게서 떨어졌지만 너무 비좁아서 일어서지 못하고, 다시 기어 와서 계속 싸웠다. 그밖에 뭘 할 수 있었겠는가.

솜털오리는 꿈쩍도 않고 둥지에 앉아 있었다. 새는 벌판과 같은 색깔이었다. 아이들의 눈에 띄었을 때도, 아이들이 나뭇가지 아래에서 아주 조심스럽게 기어 나와 일어나서 각자 자기 갈 길을 갔을 때에도, 새는 똑같이 조용히 있었다.

밤이 되었다. 서쪽 하늘이 위로부터 지평선까지 장미처럼 타올랐지만, 그래도 밤은 밤이었다. 톰은 악셀이 보통 배를 대곤 하는 해안으로 내려갔다. 매우 떨리고 몸 전체가 부들거렸지만, 애써 아무 생각도 안 하려고 해 보았다. 제발 침착하게, 제발 침착하게. 그냥 주먹을 쥐어 눈을 가리고 언덕에 앉아 침착하게 있고 싶었다. 한동안은 나름 괜찮았지만 갑자기 기억이 봇물처럼 터졌고, 밀려오게 두었더니 계속 밀려 들어왔다. 휘발유가 등대에서 폭발했을 때의 일이었다. 엄마가 물었다. "악셀, 그래서 어떻게 했는데?" 그리고 아빠가 대답했다. "앞이 좀 보일 때까지 기었고, 오스발드를 배에 태우고 애써 진정시켰지. 어쨌건 바람이 없었으니 다행이고. 벌어진 일은 받아들여야지." 그는 그렇게 말했다. 벌어진 일은 받아들여야 한다고. 그리고 내가 말했지. "아빠는 뭐든지 헤쳐 나가고 무서움이라고는 없잖아요." 그런데 아빠는 이렇게 말했다. "그렇지 않아. 내 평생 그때처럼 무서운 적은 없었다." 바로 그렇게 말했다. "내 평생 그때처럼 무서운 적은 없었다."라고.

서쪽 하늘이 어두워지고 반대편 하늘에 동이 터 오는 시간이 되었다.[7] 매우 추웠다. 조금 남은 빛의 도움으로 돌아온 톰은 바다를 배경으로 엘리스의 윤곽만 알아볼 수 있었고, 그

---

7   백야이므로 해가 지평선 아래로 사라지지 않고. 서쪽 하늘에서 지평선 가까이
    까지 내려갔다가 동쪽에서 바로 뜬다.

에게 말했다. "아빠는 곧 돌아오실 거야. 뭔가 미룰 수 없는 중요한 일이 있으신 거겠지."

"그렇게 생각해?" 엘리스가 말했다.

"그래. 바람이 없으니 다행이야. 벌어진 일은 받아들여야지."

둘은 잠시 서서 바다를 내다보았다. 갈매기 몇 마리가 곳에서 날아올라 한동안 끼룩거리더니 다시 조용해졌다.

톰이 말했다. "가서 좀 자도 돼. 아빠가 오시면 내가 깨워 줄게."

악셀은 새벽에 왔다. 처음에는 약한 맥박처럼 모터 소리가 들리더니 점점 소리가 커졌고, 회색 아침 바다에 검은 얼룩처럼 배가 나타났다. 곧바로 뱃머리의 하얀 수염이 보였다. 악셀은 암초를 돌아 속도를 줄이고 육지에 배를 댔다. 두 아이는 거기 서서 기다리고 있었다. 그는 바로 상황을 파악했다. 한 아이는 코가 어마어마하게 붓고 일그러졌고 다른 아이는 한쪽 눈이 안 보일 정도였으며, 둘 다 옷이 온통 찢어졌다.

"그래, 그래." 악셀이 말했다. "이제 일이 다 해결된 것 같다. 연료 파이프가 나가서 엔진에 문제가 생겼거든. 정말 미안하게 되었지만, 벌어진 일은 받아들여야지. 너희는 어땠니?"

"괜찮아요." 엘리스가 말했다.

"그럼 배에 타렴. 집에 가자. 하지만 동생들을 깨우지는 말아라. 지쳤으니까."

아이들은 추위를 피해서 엔진 박스 옆에 앉았고, 방수포를 하나씩 뒤집어썼다.

"여기 한나가 준비한 도시락이 있다." 악셀이 말했다. "한

나가 화내지 않도록 깨끗이 다 먹으렴. 커피는 보온병에 있고."

배가 피오르를 지나가는 사이 동쪽 하늘이 밝아지며 붉게 물들었다. 새로운 태양의 반짝이는 작은 조각들이 수평선 위로 퍼졌다.

"조금만 있다가 자렴." 악셀이 말했다. "엘리스에게 줄 것이 있단다. 네가 좋아할 만한 거야. 봐라. 이렇게 예쁜 새의 골격을 본 적이 있니? 이제 화려하게 묻어 줄 수 있겠지."

"정말 예쁘네요." 엘리스가 말했다. "그리고 그걸 저에게 주셔서 정말 감사해요. 하지만 유감스럽게도 전 관심이 없는 것 같네요."

그리고 그는 톰 바로 옆, 배의 바닥에 웅크리고는 바로 잠들었다.

낯선 도시

　손자와 손자며느리는 오래전부터 나에게 남쪽으로 여행을 오라고, 그리고 꼭 한번 다녀가라고 했다. "춥고 어두운 나라에서 한번 빠져나오세요." 그들은 말했다. "빠를수록 좋지요." 그 말은 사실 "너무 늦기 전에"라는 뜻이다.

　나는 여행을 딱히 좋아하지는 않는다. 하지만 그들의 호의는 아무래도 받아들이는 편이 좋을 것 같고 또 몇 달 전에 태어난 딸을 보여 주고 싶어 했으니……. 아니 어쩌면 일 년 전이나 뭐 그즈음에 태어났는지도 모르겠다. 그들은 긴 비행이 나에게 너무 힘들지도 모르겠다며, 중간에 내려 편한 호텔에서 하룻밤 묵고 다음 날 여행을 계속하는 게 좋겠다고 했다. 굳이 그럴 필요 없는데도. 하여튼 나는 그들이 일정을 짜게 두었다.

　비행기가 중간에 착륙했을 때는 이미 어두웠다.

　공항에서 나와 보니 모자를 두고 내렸다. 나는 돌아가려고 했지만, 입국 심사장을 지났으니 돌아갈 수가 없었다. 너무 오래 앉아 있었기 때문에 다리가 아팠다. 비행기 표를 넣는 종이 봉투에 모자를 그렸지만 그들은 이해하지 못했고, 다음 창구로 가라고 나에게 손짓을 했다. 거기서 나는 갖고 있는 모든 서류, 꼼꼼한 아들이 챙겨 준 온갖 서류를 건넸다. 이미 거의 다 검사하고 도장을 찍었지만, 그래도 만전을 기하기 위해 모두 다시 보여 주었다. 나는 모자 때문에 정신이 없었고, 게다가 비행을 좋아하지 않았다. 그들이 내가 돈을 얼마나 지니고 있는지 알려고 한다는 사실을 뒤늦게야 깨달은 나는 지갑을 꺼내서는 돈을 세도록 넘겨주었고, 주머니 안에서도 돈이 나왔다. 시간이 끔찍하게 오래 걸렸고 다른 승객들은 거의 다 사라져서, 나는 시내로 가는 버스를 놓칠까 걱정이 되었다. 그들은 나를 아까 갔던 게 분명한 다른 창구로 보냈다. 나는 슬슬 불안해졌고, 그들 눈에는 인내심을 잃는 것처럼 보였는지도 모른다. 이래서건 저래서건 그들은 나를 카운터 뒤로 데리고 가서 여행 가방을 조사하기 시작했다. 나는 내가 불안해하는 까닭은 모자를 잃어버렸고 버스를 놓칠까 걱정이 되어서일 뿐이라고, 그리고 나는 아무래도 비행기가 싫다고 설명을 할 수가 없었다. 음, 이 말은 이미 앞에서 했다.

그래서 나는 모자를 하나 더 그리고, 모자를 여러 개 그리고, 내 머리를 가리키며 애써 미소를 지었다. 그들은 매우 여유로워 보이는 나이 든 남자 한 명을 불렀다. 그는 나와 내 그림을 보더니 무슨 말을 했다. 아마 "무슨 말인지 모르겠나? 이 분이 모자를 잃어버리셨다잖나."라고 하는 것 같았다. 나는 이제야 누군가 나를 이해했다고 생각했고, 그들이 모자와 장갑과 우산 같은 것들이 가득한 방을 가리켰을 때 조금도 놀라지 않았다. 나는 그림을 꺼냈고, 일을 더 분명하게 하기 위해 모자를 검은색으로 칠했다. 어느새 다른 승객들은 모두 떠났고, 공항 입국장의 불도 꺼지고 급기야 카트를 굴리며 청소를 시작했다. 그들은 나에게서 벗어나고 싶어 하는 것 같았다. 나는 그들 선반에 있는 모자 하나를 가리키고는 지팡이로 바닥을 쳤다. 받아 보니 내 모자가 아니었지만, 모든 것이 너무나 피곤해서 그냥 그 모자를 쓰고 서류에 서명을 했다. 당연히 잘못된 자리에 서명을 해서, 전부 다시 해야 했다.

간신히 바깥으로 나왔을 때는 길에 아무도 없었다. 공항 주변에서 자주 느껴지는 뭔지 모를 절망감이 내 주위 모든 방향으로 펼쳐져 있었다. 안개가 낀 추운 밤이었다. 귀를 기울이니 멀리 도시의 소리가 들렸고, 모든 것이 너무나 비현실적인 인상을 주었다. 하지만 나는 혼잣말을 했다. '전혀 불안해할 이유가 없어. 살다 보면 이런 상황도 있지만, 다시는 벌어지지 않을 일이야. 침착하자. 기다려야지.' 나는 돌아가서 누군가에게 전화로 택시를 불러 달라고 할까 잠시 생각했다. 택시는 어느 나라 말로나 거의 똑같을 테고, 아니면 작은 자동차를 그릴 수도 있겠다. 하지만 다시 어두운 입국장으로 들어가기는 뭔가 꺼려졌다. 어쩌면 마지막 비행기가 이미 떠나고 더 이상 도착할 비행기가 없는지도 모른다. 내가 그들의 어마어마한 비행기, 음, 내가 어릴 때 하던 말로 '뱅기'에 대해서 뭘 안단 말인가? 다리가 아프고 짜증이 났다. 길은 끝도 없어 보였고, 가로등과 가로등 사이는 어둡고 멀었다. 이 나라에서는 전기가 귀하다는 게 기억났다.

나는 기다렸다. 기억력이 나빠졌다는 사실에 다시 괴로워졌다. 뭔가를 기다려야 할 때면 흔히 이런 치명적인 자각이 생겼다. 그리고 내가 자꾸 말을 반복한다는, 같은 사람에게 같은 말을 또 하고는 나중에야 겸연쩍게 이를 깨닫는다는 점을 모르고 넘어갈 수가 없었다. 그리고 단어들이 모자처럼, 얼굴이나 이름처럼 사라져 버렸다.

그곳에 서서 택시를 기다리다 끔찍한 사실을 깨달았다. 처음에는 억눌렸지만 점점 가까이 다가왔고, 결국은 이 불편한 진실을 받아들일 수밖에 없었는데, 호텔 이름을 잊어버린 것이다. 없어졌다. 완전히. 나는 가진 종이를 다 꺼내 확인했지만 아무것도 없었다. 나는 아무리 작은 메모 하나라도 놓치지 않기 위해 쪽지들을 가로등 아래 여행 가방 위에 펼쳐 놓았다. 주머니 속도 한 번 더 뒤져 보았지만 아무것도 없었다. 호텔 비용을 출발 전에 지불했다는 무슨 확인서를 꼼꼼한 아들이 분명 주었겠지만, 그게 어디 있을까? 공항 어디에, 아니면 비행기 안에? 아니, 기억해 내야 했다. 하지만 호텔 이름을 기억하기 위해 뇌를 쥐어짜면 짤수록 머리는 비어만 갔다. 그리고 나는 이 도시에서는 일찌감치 서두르지 않으면 방을 구할 수 없다는 점도 알고 있었다.

이제 택시 타는 게 겁이 났다. 땀이 흐르기 시작해서 모자를 벗었다. 안 그래도 모자가 너무 작아서 머리가 눌렸다. 그런데 거기 서서 남의 모자를 손에 들고 가로등의 흐린 불빛에 비춰 보았을 때, 거기 이름이 쓰여 있었다. 모자 주인이 모자 안쪽에 자기 이름을 써 놓았다. 나는 안경을 썼다. 그렇다. 의심할 나위 없이 이름과 주소였다. 이것은 어떤 의미에서 위로였고, 기댈 곳, 정보가 담긴 의사소통이었다. 나는 애써 피로를 떨쳐 버렸다. 나는 피곤해지면 모든 것을 놓친다. 나는 정말로 주의 깊고 싶고 깨어 있고 싶고 결정할 수 있고 싶고, 느려지고 길을 잃기 싫었다. 그리고 말을 반복하는 게 싫었다. 말을 반복하면 사람들이 바로 안다. 그럼 갑자기 공손해지고,

불편할 정도로 이해심이 많아진다. 나는 말을 반복하는 순간 그랬다는 사실을 알아채지만 때는 이미 한발 늦는다……. 하지만 이 이야기는 아까 했다.

그때 택시가 왔다. 긴 길의 저 멀리에 나타나서는 점점 가까워졌다. 헤드라이트를 약하게 켜고 오더니 내 앞에 멈추었다. 모자 안에 쓰인 주소를 택시 기사에게 보여 주는 것 이상으로 자연스러운 반응은 없을 터다. 그는 한마디 말도 없이 시내 방향으로 출발했다. 나는 생각을 멈추었다. 길은 멀었다. 주변의 집들은 어두웠고 안개는 아까보다 더 짙어지기만 했다. 차가 멈추자 나는 지갑을 꺼냈지만, 그는 미터기를 끈 채로 그냥 앉아 있었다. 결국 그가 말했다. "달러." 얼마나 받으면 만족할지 몰랐으므로 달러 지폐를 한 장씩 한 장씩 내밀어 보았지만, 그는 어깨를 으쓱하며 앞만 바라보았다. 짐을 들고 마침내 차에서 내렸을 때 나는 피곤해 죽을 지경이었고 그 여행이 지긋지긋했음은 확실하다. 내 앞에 있는 집은 중세풍의 오래된 건물이었다. 광장에는 아무것도 없었다.

나는 문을 열었고, 문이 열렸을 때에야 얼마나 운이 좋았는지 깨달았다. 문이 잠겨 있었을 수도 있었으니까. 계단이 나오고 천장이 높은 복도가 나왔으며, 문에는 번호가 있었지만 이름이 쓰인 문패는 없었다. 나는 도수가 제일 높은, 우표를 관찰할 때 쓰는 안경을 쓰고 모자 안에 쓰인 글씨를 읽었다. 짧지 않은 주소를 꼼꼼하게 써넣는 수고를 하는 사람이라니, 마음이 편해진다. 집이 12호라는 말이지. 문을 두드렸더니 바로 열렸다.

이유는 모르겠지만 나는 모자를 잃어버릴 만한, 나이 든 신사를 상상했었다. 하지만 그는 키가 크고 건장하며 숱 많은 검은 머리가 번질거리는 젊은 남자였다. 당연히 표현 몇 개는 미리 배웠어야 했는데. 안녕하세요, 죄송합니다, 이 나라의 말을 못해요, 하는 정도는……. 하지만 지금으로서는 모자를 내밀고 "Sorry!"라고 하는 수밖에 없었다. 그는 머뭇거렸고, 모자에 무언가를 넣어 주어야 한다고 생각하는 것 같았다. 나는 얼른 모자를 똑바로 들었고, "Sorry!"라는 말만 반복했다.

그는 미소를 짓더니 도움이 필요하냐고 영어로 물었다.

너무나 마음이 놓였다.

"이 모자 주인이시죠?" 내가 말했다. "정말 죄송합니다. 실수로 가지고 가서……. 봐요, 이 이름과 주소가 맞지요?"

그는 보더니 말했다. "이건 반년 전에 여기 살았던 사촌의 것입니다. 어디에서 찾으셨나요?"

"비행기에서요."

"그랬겠네요. 가끔 비행기를 타니까요. 공무원이죠. 밤이라 추우니 들어오십시오. 이 늦은 시각에 그 모자 때문에 이렇게 수고를 해 주시다니 정말 친절하시네요."

방은 작았다. 책상에 켜진 외로운 불빛으로 실내를 보고 받은 인상은 흔하디흔한 어질러진 가정이었다. 어디를 봐도 책과 신문과 종이가 쌓여 있었다. 그리고 꽤 추웠다.

그는 나에게 어디에서 왔는지, 이 도시를 아는지 물었다. "아, 알지요. 그냥 여행 중에 지나가기만 했어요." 이 도시가 여행의 최종 목적지인 사람은 별로 없었으니 말이다. 여기 볼 일이 있는 경우를 제외하고는. "차 좀 드시겠어요?"

나는 그가 벽난로에서 주전자를 가져오고 컵을 꺼내는 모습을 바라보았다. 그의 움직임은 매우 차분했고, 중간중간 나를 바라보고 미소를 지었다. 그 집에 앉아 차를 마시면서 쫓기지 않고 호텔 이름이 기억나기를 기다리니 매우 평화로웠다. 나는 너무나 피곤했다. 예의상 묻는 몇 가지 질문을 하고 나니 그는 말이 없어졌지만, 편안한 침묵이었다.

그러다가 나는 그 집에 책이 많다는 말을 했다. "요새는 원하는 책을 구하기가 참 힘들지 않나요?"

"그래요. 정말 힘들죠. 사람들은 무슨 책이 나오는지 다 지켜보고 있어요. 어떻게인지 냄새를 맡고 알아요. 그러고는 벌써 가서 줄을 서니까요. 저는 이 장서를 자랑스럽게 생각해요."

"혹시 글을 쓰시나요?"

"아니요. 그냥 기사 정도요. 어떤 의미로 보면."

"어떤 책에 관심이 있으신가요?"

그는 미소를 지으며 대답했다. "종류 가리지 않고요."

나는 대단한 건 아니지만, 뭐라고 할까, 노년의 변화에 대해 책을 냈다고 말했고, 책을 좀 보내도 괜찮을까 물었다.

"감사하지요. 책이 잘 도착할 수도 있겠죠. 우체국이 언제나 일을 잘하는 건 아니거든요."

"이제는 가야겠어요. 너무 늦었으니까요. 짐은 아직도 문앞에 있어요."

"아, 택시가 필요하겠네요. 당연하지요."

그런데 전화기는 보이지 않았다. 그는 내 눈길이 움직이는 걸 보더니 말했다.

"전화기는 없어요. 하지만 같이 나가서 택시를 잡아 드릴 수 있지요. 어렵지 않아요. 시간이 좀 걸릴 뿐이죠."

그는 일어서서 문으로 갔고, 나는 외쳤다. "잠깐만요…… 너무 죄송하고, 그리고 정말 곤란한데……"

나는 부끄러운 나머지 오히려 장난스럽게 해 보려고 이렇
게 말했다.

"노년의 변화 이야기가 나왔으니 말씀인데……. 다른 사
람도 아니고 저라면, 어떻게 사람이 자기가 예약한 호텔을 잊
어버릴 수 있는지 설명할 수 있어야겠죠."

집주인은 그 말을 재미있어 하는 것 같지도 않았고 친절
하게 뭔가 위로가 될 말을 해 주지도 않았지만, 서서 잠시 생
각하더니 결국은 이 도시에서 방을 구하기란 불가능하니 내
가 자신의 집에 묵는 게 제일 낫겠다고 말했다. 어딘가 예의상
거절할 필요도 없어 보였다. 그 집에서 대여섯 명을 재울 때도
있다고 했다. 그는 침낭을 꺼냈고, 비행기를 탈 수 있도록 일
찍 깨워 주겠다고 약속했다. 그가 자기 침대를 내주겠다고 했
고, 나는 받아들였다.

누군가 문을 두드렸을 때 나는 천만다행으로 아직 옷을
입은 채였다. 검은 머리의 젊은 여자였는데, 별 관심 없이 나
를 쳐다보고는 그를 지나쳐 창가로 가서 커튼을 밀고 내다보
았다. 둘은 대화를 시작하고 아주 빨리 말을 했다. 이해는 할
수 없었지만, 무언가 심각한 일이 일어난 게 분명했다. 그는
방에서 오락가락하더니 서랍을 열고 종이들을 꺼내어 얼른
훑어보고는 쇼핑백에 넣었다. 급한 게 확실했지만 그는 아까
처럼 차분했다. 결국 그는 나를 바라보더니 말했다.

"죄송하지만 가야 해요. 하지만 편안하게 주무셔도 됩니
다. 비행기를 탈 수 있도록 제 여자 친구가 와서 일찍 깨워 드
릴 거예요. 책 잊지 마시고요. 책을 받으면 정말 기쁘겠습니
다."

나는 그의 시간을 빼앗을 생각이 없었기에 고개만 끄덕였

다. 그들이 떠나는 소리에 귀를 기울였다. 그들은 계단을 내려갔고, 대문이 다시 닫혔다. 계속 귀를 기울였더니 그들이 광장을 지나 골목들 사이로 갔음을 알 수 있었다. 자리에 누웠지만 잠이 오지 않았다.

반 시간쯤 지났을 때 문을 두드리는 소리가 들렸고, 뭔지 모르겠는 외침 소리가 들려서 나는 일어나 문을 열었다. 너무나 피곤했는데 제복을 입은 사람 몇이 보였고, 그들은 순식간에 방을 가득 채웠다. 나는 여권과 티켓을 보여 줘야 했고, 그들은 서랍과 장에서 꺼낼 수 있는 모든 것을 꺼냈다. 그러는 내내 생각했다. '그 사람, 내 친구는 피했구나.'

아침이 되자 간밤의 젊은 여자가 와서 나를 깨웠다. 그녀는 택시를 잡아 주고 나를 공항까지 데려다주었다. 택시 기사가 달러를 요구하지 못하도록 막기도 한 것 같은데, 어쨌건 아주 화를 냈다. 나는 고맙다는 말도 할 줄 몰랐지만 그녀는 나를 이해한 것 같았다.

앞에서 말했지만 나는 자주 말을 반복한다. 하지만 이 이야기는 전에 한 적이 없다. 그런 것 같다.

기억을 빌린 여자

색유리가 끼워진 계단은 십오 년 전처럼 어둡고 추웠다. 천장의 석고 부조는 조금 떨어져 나갔다. 그리고 룬드블라드 부인이 십오 년 전과 똑같이 계단을 닦고 있었다. 문이 열리자 그녀는 고개를 들어 방금 들어온 사람을 보고는 진심으로 기뻐하며 외쳤다. "저런, 우리 꼬마 아가씨 아니에요! 외국에서 그렇게 오래 지내다니! 트렌치코트 입고 모자는 안 쓰고, 옛날 그대로네요."

스텔라는 계단을 뛰어 올라갔지만 수줍은 듯한 태도로 룬드블라드 부인 앞에 섰다. 둘은 오래 알고 지냈지만, 포옹하거나 악수를 하는 관계는 아니었다.

"여기는 그대로네요." 스텔라가 말했다. "룬드블라드 부인, 가족은 어떻게 지내세요? 샬로테는 어때요? 에드빈은요?"

룬드블라드 부인은 걸레통을 치우고, 샬로테는 지금까지도 스텔라의 자전거를 잘 타고 있지만 요새는 시골에서만 탄다고, 그들은 최근에 작은 여름 별장을 세냈다고 이야기했다.

그리고 에드빈은 보험 회사에 취직했다고.

"그럼 남편께서는요?"

"육 년 전에 세상을 떠났죠." 룬드블라드 부인이 대답했다. "순탄하게, 큰 고생 없이 갔어요. 스텔라 양, 꽃을 가지고 왔네요. 스텔라 양이 쓰던 위층 아틀리에 사는 여자를 위한 거겠지요? 담배 하나 같이 피울 시간 있나요?" 그녀는 층계에 앉았다. "우리는 둘 다 전하고 똑같은 담배를 피우는 것 같군요. 그래요. 여기를 떠나 그림으로 유명해진 우리 스텔라 양도요. 우리도 신문에서 읽었으니 축하해도 되겠지요? 가족을 대신해서요. 그림은 옛날 그림들하고 비슷한가요?"

스텔라는 웃었다. "아니요, 절대 아니에요. 큰 그림이거든요. 저 위의 아틀리에 문은 통과하지도 못할 거예요. 이렇게 크답니다!" 그녀는 팔을 펼쳤다.

한순간 계단이 갑자기 댄스 음악으로 가득 차더니 바로 다시 잠잠해졌다. 스텔라는 바로 무슨 음악인지 알았다. 「이 브닝 블루스」였다. '나하고 세바스티안이 듣던 선율이네. 내 레코드판을 가지고 있구나…….'

"나이를 먹고도 늘 저런 식이에요." 룬드블라드 부인은 이렇게 말하고는 청소하는 물에 담배꽁초를 던졌다. "스텔라 양보다 다섯 살 위면서도 내내 파티라도 하듯이 살아요. 하지만 찾아오는 사람은 없죠. 비어 있다니까요. 스텔라 양이 저기서 지냈을 때는 달랐는데요. 예술가들이 계단을 뛰어다녔고, 그때는 즐거웠죠. 하루 종일 작업을 하고 저녁에는 여기 와서 연주하고 노래했지요. 스텔라 양은 모두를 위해 스파게티를 만들었고요. 지금 저기 있는 여자도 같이 끼어서 똑같이 따라 해 보려고 했지요. 그게 다가 아니에요." 룬드블라드 부인은 목소리를 낮추어 말을 이었다. "나중에는 세를 낼 돈도 없으면서 계속 여기 살았죠. 게다가 스텔라 양이 장학금을 받아 외국으로 가자 방을 다 차지했지요. 십오 년 동안이나요! 아니요, 설명하려 하지 마세요. 저도 알 건 아니까요. 우리가 아틀리에를 뭐라고 불렀는지 알 거 같아요? 제비 둥지라고 했어요. 하지만 제비들은 날아가 버렸죠. 그런 옛말이 있죠. 제비가 떠나는 건 집이 행복하지 않기 때문이라고요. 그리고 제비 한 마리가 왔다고 여름이 되는 것도 아니고요. 이만할게요. 난 아무 말도 안 했어요. 이제 계단 청소나 마저 하겠어요. 그런데 집 뒤쪽에는 엘리베이터가 생겼어요. 가서 볼래요?"

"오늘은 말고 나중에요. 그런데 룬드블라드 부인, 제가 진짜로 이 계단을 뛰어다녔나요?"

"그랬죠. 꼬마 아가씨는 늘 뛰어다녔어요. 하지만 옛날 애기죠."

문패에는 처음 보는 이름들이 많았다.

"그래요. 뛰어다녔어요. 어쩌면 그저 뛰는 게 좋아서 그랬을 수도 있죠. 안 뛸 수가 없었어요."

아틀리에의 문은 칠을 새로 했지만, 문을 두드릴 때 쓰는 사자 모양의 놋쇠 손잡이는 그대로 있었다. 세바스티안의 선물이었다. 반다가 안에서 외쳤다. "누구세요? 혹시 스텔라?"

"나야. 스텔라." 스텔라가 말했다.

좀 기다리고 나서야 문이 열렸다.

"아, 우리 귀염둥이. 이렇게 반가울 수가." 반다가 외쳤다. "이제야 왔구나! 문을 여는 데 시간이 좀 걸렸지? 하지만 요새는 정말 조심을 안 할 수가 없어…… 잠금쇠에 빗장에…… 하지만 필요한 건 필요한 거지. 다 훔쳐 간다니까! 밤낮으로 겁을 낼 수밖에 없어. 지붕이 있는 커다란 차로 와서는 다 가지고 가 버리지…… 싹 쓸어 가 버린다니까! 하지만 나한테는 그렇게 못 하지. 여기는 빗장을 치고 문을 잠갔거든. 꽃을 가져왔네? 고마워라……." 그녀는 꽃다발을 내려놓더니, 전과 다름없이 생기 없고 꿰뚫는 듯한 눈으로 똑바로 바라보았다. 얼굴은 변하지 않았지만 어딘가 좀 묵직해졌다. 고집 센 목소리도 그대로였다. 벽은 전과 똑같이 회칠이 되어 있었지만, 그 작은 방에는 바뀐 것, 낯선 것이 많았다. 과하다 싶을 정도의 가구와 램프와 장식품과 직물들…… 게다가 너무 더웠다. 스텔라는 외투를 벗었다. 방이 바뀌어 그녀는 움츠러들었고, 반대로 방은 나무를 베어 낸 자리에 덤불이 자라듯이, 무언가 치워졌다가 다시 자라난 느낌이었다.

"아니 일단 앉아." 반다가 말했다. "뭐 마실래? 베르무트? 아니면 포도주? 내가 옛날에 늘 너희한테 적포도주와 스파게티를 해 줬잖아! 늘 적포도주와 스파게티였지! 네가 마침내 돌아왔구나. 이게 몇 년 만이야. 아니, 세지 말자. 이제 네가 왔으니까. 내가 카드를 그렇게 많이 썼는데 넌 그냥 사라져 버렸어. 위대한 예술가께서는 위대한 침묵 속으로 사라지셨지. 있을 수 있는 일이야!"

"아니, 카드를 쓴 건 난데." 스텔라가 반박했다. "아주 오랫동안. 하지만 언니한테서 소식이 없었으니……."

"귀여운 스텔라, 마음 쓰지 마. 생각도 하지 말고. 사람이 잊어버릴 수도 있지. 이제 네가 왔으니 됐어. 내 작은 동굴이 마음에 들어? 작고 소박하지만 편안하지. 안 그래? 분위기 있잖아."

"아주 괜찮은데? 좋은 가구가 많네." 스텔라는 눈을 감고,

아틀리에가 어땠는지 회상해 보았다. 저기 작업대가 있었고, 저기 이젤이 있었고, 나무 상자가 곳곳에…… 그리고 가려지지 않은 창을 통해 뜰이 보였었지.

"피곤해?" 반다가 물었다. "너 정말 피곤해 보인다. 눈 주변이. 이제 넓은 세상에서 돌아왔으니 좀 쉬고 천천히 해."

스텔라가 말했다. "아니, 그냥 아틀리에를 기억해 본 거야. 여기선 정말 행복했는데. 생각해 봐. 젊은 시절의 칠 년이라니. 반다 언니, 사람이 젊은 건 몇 년 동안일까?"

반다는 날카롭게 대답했다. "너는 너무 오랫동안 젊게 지냈지. 눈에 별을 담고. 우리는 너를 별눈이라고 불렀어. 예쁜 별명이지? 넌 너무 순진해서 남이 하는 말은 다 믿었어. 뭐든지 다."

스텔라는 일어나서 창가로 갔다. 커튼을 걷고, 아주 평범하지만 마력을 품은 회색 정원, 창문들이 내려다보는 정원을 바라보며 옛일을 추억했다. 여기 세바스티안과 함께 서 있었는데. 우리는 지붕 너머를 내다보고 항구를 내다보고 바다를 내다보고 세상을 내다보았지. 우리가 소유하고 싸워 나가고 정복할 세상을. 바로 이 창문! 그녀는 반다를 향했다. "내가 남이 하는 말은 다 믿었다고 했지? 하지만 믿을 게 많았잖아? 안 그래? 그리고 믿을 가치도 있었잖아? 그렇지 않아?"

슬슬 어두워졌고, 반다는 실크로 된 여러 겹의 가림막 뒤에 등을 켰다. 반다는 말했다. "이 방에 올 때면 즐거웠지? 마지막 파티, 내 환송 파티까지 칠 년 내내 즐거웠지. 기억나?"

"기억나냐고? 대단한 연설들이었지. 정말 깊이가 있었고. 6월이었던 것 같고, 새벽 2시에 해가 떴어. 그때 내가 식탁에 올라가서 외쳤지. '햇님 만세!' 러시아 친구는 식탁 아래에 앉아 노래를 했어. 그 사람 고향이 어디였더라?"

"러시아 친구? 우리가 딱해서 끼워 주었던 사람들 중 하나였던 거 같아. 그런 사람들이 많았지. 너무 많았어! 하지만 난 그 사람들을 내버려 두었지. 데리고 오라고 했어. 그냥 데리고 오라고. 내 원칙이었어. 파티를 하려면 제대로 해야지! 여기 스물두 명이 있었어. 세어 봤거든. 내가 친구들을 위해서 한 파티 중 최고였지."

스텔라가 말했다. "무슨 말이야? 내가 한 파티였잖아?"

"그래, 그래. 좋을 대로 해. 너를 위해서 내가 환송 파티를 열었으니 네가 한 파티라고 볼 수도 있지. 그러고 나서 너는 아침 기차로 떠났고."

그래, 아침 기차. 스텔라는 생각했다. '세바스티안이 기차까지 따라왔지. 정말 아름다운 여름 아침이었는데…… 장학금이 어떻게 되는지 확정되는 대로 따라오겠다고 그는 약속했지. 내가 아틀리에를 찾는 대로, 아니면 방을, 아니면 싼 호텔, 어디건 우리가 작업할 수 있는 장소를 찾는 대로…… 세바스티안한테 확실한 거주지가 없었으니 나는 우리의 새 주소를 반다에게 보내기로 했었는데…… 안녕, 내 사랑. 잘 지내! 그리고 기차는 호루라기 소리를 남기고 세상을 향해 출발했지.'

"스텔라, 내가 한 파티 얘기 너무 생각하지 마. 하지만 내가 여기 살았던 것은 기억하지? 내가 여기 살았어. 잘 생각해 봐. 여기가 내 집이었어. 안 그래? 거봐." 반다는 손을 스텔라 손에 얹고 상냥하게 말했다. "기억이 우리를 속이기도 하다니 재미있지? 하지만 신경 쓰지 마. 자연스러운 일이잖아. 넌 항상 환영해. 넌 언제나 크게 도움이 되었잖아. 할 수 있는 온갖 일들로 도와주었지. 양파를 까고 쓰레기를 내다 버리고……. 그리고 우리는 언제나 너를 끼워 줬잖아. 우리 불쌍한 별눈이…… 어 잠깐만. 엘리베이터다…….”

엘리베이터 소리가 크게 들렸다.

“4층이야.” 반다가 말했다. “4층에 얼마나 자주 멈추는지 신기해. 그래, 전에 우리가 그런 것들을 했었지. 이제 네가 옛날 그 자리에 앉아 있네. 잉에게르드와 톰미 사이에. 나는 소파에, 벤누는 맞은편에. 세바스티안은 창턱에 앉곤 했고. 너희는 예술에 대해 얘기를 하고 또 했어. 다들 일밖에는 관심이 없었으니까. 그중에 몇이나 유명해졌는지 알아?”

스텔라가 말했다. “친구들하고 계속 연락을 하기는 쉽지 않지.”

“몰라? 너한테 아무도 편지 안 해? 아이, 스텔라, 왜 그래?”

스텔라는 담배에 불을 붙이고 말했다. “내가 주소를 언니에게 보내고 친구들에게 보내 달라고 했잖아.”

“그랬어? 가만. 담배가 안 켜졌네. 자, 이 라이터가 잘 켜져. 라이터를 쓰지 그래? 곧 손이 떨리기 시작할 테니. 아주 조금, 아주 조금. 걱정할 일은 아니야. 어쨌건 세바스티안은 어떻게 보면 꽤 유명해졌어. 하지만 사람들이 유명해지면 어떤지 알잖아. 자기가 덜 유명했을 때 믿던 친구들을 잊어버리지. 포도주 다 안 마실 거야?”

스텔라가 물었다. “어떻게 지내는지 혹시 알아? 어디 있는지는?”

엘리베이터가 다시 움직였고, 둘 사이엔 잠시 말이 없었다.

“4층이야.” 반다가 말했다. 스파게티를 끓일 때가 된 거 같아, 알 부로.[8] 요새는 파르메산 치즈를 곁들이지. 파르메산 치즈 좋아해?"

"좋아. 지금도 시청에서 일해?"

"물론이지. 세상 모든 사람처럼 퇴직할 날만을 기다리고 있지. 근데 부장으로 승진했어."

"그래? 그 밖엔 또 뭘로 시간을 보내? 취미는 그대로야? 저녁에 무료 체조에 가는 거?"

"저녁에? 미쳤구나! 이 도시에선 저녁 6시 이후엔 길에 나다니지도 못해!" 반다는 작은 부엌에 가서 물을 올렸다.

"야스카 사진 보겠니?" 아름다운 앨범에는 한 무리의 청년들이 다닥다닥 붙어 웃으면서 가장무도회에서, 바람 부는 해변에서, 이젤을 들고 어딘가로 가는 모습을 찍은 별 볼 일 없는 사진들이 들어 있었는데, 그 자리에 없었던 사람에게는 아무 의미가 없었고 호기심을 자극할 만한 것도 아니었다.

스텔라가 말했다. "이건 함홀멘에서 찍었네. 그때 나는 흰 옷을 입고 세바스티안 옆에 서 있었지. 여기 그 옷이 좀 보인다."

반다가 보고 말했다. "그건 네가 아니었어. 다른 사람이었지. 거기 빛이 들어가서 내가 한쪽 구석을 잘라 냈어. 케첩 필요해?"

"아니. 세바스티안이 지금 어디 있는지 알아?"

"아는지도 모르겠어. 하지만 스텔라, 주소는 비밀이야. 아무한테도 안 가르쳐 주기로 했거든. 남들이 뭐라고 하건 나는 친구들하고 한 약속은 지켜. 근데 그건 함홀멘이 아니고 엑셰

8 버터 소스를 사용해 만든 파스타.

르였어. 그리고 그날 너는 없었고. 사람의 기억이란 참 이상하지 않아? 어떤 건 사라지고 어떤 건 결코 안 잊어버려. 솔직하게 잘 생각해 봐. 그때 너는 참 편하게 지냈지. 이 방에서. 돌아가고 싶지 않아?"

"이젠 아니야." 스텔라가 말했다. "물이 끓었겠네."

하지만 물은 끓지 않았다. 가스 토큰이 끝났다.

"미안해." 반다가 말했다. "정말 미안. 내려가서 룬드블라드 부인한테 몇 개 빌릴 수도 있겠지만 그분은 좀 기분이 나빠서……."

"그냥 두지. 룬드블라드 부인은 계단 청소 때문에 바쁘실 거 같아."

"만났어? 뭐래?"

"뭐 그냥 이런저런 얘기를 했지."

"나에 대해서 뭐라고 해?"

"아무 말 안 하셨어."

"정말?"

"그래, 아무 말씀 안 하셨어. 반다 언니, 여긴 좀 많이 더운데 잠깐만 창을 열 수 없을까?"

봄 저녁이 창문으로 들어왔다. 서늘하고 속이 확 풀렸다.

"이 창문." 반다가 말했다. "너희는 여기 서서 웃었지. 세바스티안하고 너. 너희는 다른 사람들, 우리를 비웃었어. 그렇지? 뭐가 그렇게 재미있었어? 누구를 비웃은 거야?" 반다의 목소리, 잠시도 쉬지 않고 고집을 부리는 울림도 없는 목소리는 견디기 힘들었고, 스텔라는 갑자기 분노를 느끼며 대답했다. "우리는 아무도 비웃지 않았어! 아니면 사람들 모두, 모든 것을 비웃었겠지! 우리는 행복했으니까! 우리는 서로를 보면서 웃었어. 즐거웠거든. 그게 그렇게 이해하기 힘들어?"

"그런데 왜 그렇게 화를 내?" 반다가 마음이 상해서 물었다.

"피곤해서. 언니는 말이 너무 많네."

"그래? 저런. 내가 생각이 짧았네. 넌 정말 상태가 별로 안좋구나. 정말 많이 변했어. 혹시 무슨 일 있어? 나한테 말해. 스텔라? 소파에 앉아. 사진 때문에 그래? 그냥 소중하게 여길 천진한 지난날의 추억이잖아!"

"그래, 그 말이 맞아. 천진한 추억이지. 여기 이 아틀리에도 마찬가지로 천진했어. 모두들 상냥하고 단순해지는 장소였지. 함께 일했고 서로에게 의지했어. 모두 솔직했던 곳. 잠이 안 올 때면 아틀리에 생각을 해."

"잠이 안 와? 그건 안 좋은데. 아주 안 좋아. 스텔라, 잘 들어 봐. 넌 달라졌어. 병원에 가 봤어? 기억력 문제가 아니라……. 하지만 아직은 위험하진 않겠지. 생각하지 마."

"엘리베이터!" 스텔라가 외쳤다. "다시 가네. 엘리베이터 가는 소리 안 들려?"

"5층이었어."

반다는 창을 닫고 잔을 채웠다. 그녀는 말을 계속했다. "돈이 정말 많이 들었지만 그는 나한테 레코드판을 사 주었지. 그리고 다른 대단한 예술가들도 가끔 하나씩 가지고 왔어. 나한테…… 우리는 춤을 췄어. 해가 뜰 때까지. 그리고 내가 어떻게 했는지 알아? 식탁 위에 올라가 건배를 하고는 외쳤지. '햇님 만세!' 그리고 파티가 끝나고 다들 집에 가자 우리 둘, 그하고 나만 남았는데…… 스텔라? 음악 좀 들을래? 내가 세바스티안한테 받은 오래된 레코드판이야. 「이브닝 블루스」지."

"아니. 나중에." 스텔라는 머리가 아팠고, 눈 뒤쪽이 심하게 아팠다. 엘리베이터가 또 움직여서, 거의 맨 위층까지 올라갔다. 이렇게 달라진 방에는 알아볼 수 있는 물건이라고는 책장 하나밖에 없었다. 그녀는 손을 뻗쳐 책장을 더듬었다.

"내가 하룻저녁 만에 만들었어." 반다가 말했다. "잘 만들지 않았어?"

스텔라가 외쳤다. "그건 사실이 아니야! 이건 내가 직접 만든 내 책장인데!"

반다는 의자에 기대 앉아 미소 지으며 말했다. "아니 왜 야단이야. 낡은 책장을 두고. 선물로 줄 테니까 가져. 귀여운 스텔라, 난 네가 걱정된다. 별눈은 어디에다 잃어버렸어? 나한테 이야기하지 않을래? 담배 하나 새로 피워. 피곤해 보인다. 부탁이니까 긴장하지 마. 전에 어땠는지 기억하려고 하지 말고. 자신 없어지고 섭섭해질 뿐이니까. 그렇지 않아? 솔직하게 말해 봐. 자신 없어지고 섭섭해지지? 너무나 오래된 일이고, 너는 지난 여러 해 동안 고생을 했잖아. 그리고 책장 따위가 뭐야. 아무것도 아니지. 즐거운 일을 생각해 봐. 톰미 기억나? 정말 친절했지. 너를 좋아했고. 이렇게 말하곤 했지. '우리 불쌍한 작은 별눈이를 챙겨 줘야지. 뭐든지 잘하고 뭐든지 다 받아들이잖아. 별눈이는 우리 작은 쓰레기통이야. 뭐든지 다 들어가고도 자리가 있다니까……'"

스텔라가 끼어들었다. "그때 이야기는 그만하는 게 좋겠어. 지금 일어나는 일에 대해서 이야기할 수 있잖아. 밖에서 일어나는 일들."

"밖에서 일어나는 일들이라니 무슨 뜻이야?"

"세상 일들 말이지. 커다란 변화들. 언제나 어디에서나 벌어지는 온갖 대단하고 중요한 일들. 이런 거에 대해서 이야기할 수 있잖아?" 반다가 알아듣지 못하자 그녀는 보탰다. "신문에 나오는 그런 일들."

"난 신문 없는데." 반다가 말했다. "하여튼 톰미는 너를 좋아했다고. 내 친구들은 다 너를 좋아했어. 마음 편히 날 믿어도 돼. 그게 동정은 결코 아니고⋯⋯."

"엘리베이터다!" 스텔라가 외쳤다. "또 가네!"

"그래서?"

"누구 기다리는 사람 있어? 아니면 무서워?"

"뭐가?"

"도둑, 반다 언니, 침입해서 언니 물건들을 훔쳐 가려는 도둑이 무서워?"

반다는 손님을 똑바로 바라보고 말했다. "어린애처럼 굴지 마. 여기는 아무도 못 들어와." 잠시 쉬더니 반다가 계속했다. "너를 보면 누군가 기억이 난다. 우리가 딱하게 생각했던 사람들 중 한 명인데, 그저 먹기 위해 여기 왔었지. 계속 먹기만 하고 말은 안 했어. 우습지. 너하고 비슷했어. 불쌍한 인간. 나를 어디건 따라다녔지. 그런데 어느 날 뭐라고 했는지 알아? '너는 참 강하다.' 그랬어. '고압 전류처럼 강해⋯⋯ 더 빨리 움직이게 하고 살아 있는 느낌이 든다니까!' 그런데 언젠가 사라졌지. 아무도 어디로 갔는지 모르고 사실 관심도 없어⋯⋯. 스텔라? 너는 어때? 몸이 안 좋아?"

"좀." 스텔라가 말했다. "좀 안 좋아. 혹시 아스피린 있어?"

"물론이지. 잠깐⋯⋯. 하지만 스텔라, 잠깐 소파에 누워. 그래, 그래, 제발 그렇게 해. 정말 안 좋아 보인다. 넌 좀 누워야 해. 말하지 마. 조만간 진찰을 받으러 간다고 약속해. 할 수 있지?"

잠이 왔고 방은 사라졌다. 멈출 줄 모르는 목소리가 계속 속삭였다. "괜찮아? 여긴 내 집이니까 다 깨끗이 잊어버려……. 그 사람들은 다 내 방으로 돌아오지. 문 뒤에 서서 기다리면 나는 소리를 듣고 안으로 들어오게 해. 그럼 이야기들을 하고 하고 또 하지…… 걱정들, 걱정들, 걱정들……. 그러고 나면 내가 말을 하는 거야. 아주 정직하게, 솔직하게. 사람은 솔직해야지. 안 그래? 내 말이 맞지 않아? 말을 많이 할 필요는 없어. 하지만 잘 생각해서, 잘 생각해서 말해야지. 그렇지 않아? 그런데 너 춥구나! 잠깐만 있어 봐, 내가 따뜻한 담요를 덮어 줄게……. 아니, 내가 돌봐 줄게. 내 말이 맞아. 그렇지? 솔직해야 한다는 내 말이 맞지?"

스텔라가 외쳤다. "나 좀 내버려 둬!" 하지만 얼굴 위로 담요가 덮였고 목소리가 계속 들려왔다. "나는 그에게 내 생각을 말했을 뿐이야. 솔직하게. 난 '그 애가 네 목을 조르고 있어. 그 애를 떼어 버려.'라고 했어……."

"엘리베이터다!" 스텔라가 외쳤고, 잠시 손이 풀어졌다. 그녀는 일어나서 방 가운데로 갔다. 반다는 계속 소파에 앉아 있었다. "스텔라, 뭘 찾아?"

"핸드백. 내 핸드백!"

반다는 웃고 말했다. "응, 내가 훔친 건 아니지. 나올 거야. 방은 안에서 잠겼으니까. 앉아서 진정해. 뭐가 어떻게 되었는지 얘기해 줄게. 포도주 좀 더 마시지 않을래? 이거 봐. 집에, 모든 게 자기 살림이고 변한 거라고는 없는 자기 방에 있으면, 벽이 그 모든 걸 다 품고 있어서 따뜻한 외투처럼 네 주변을 감싸고 점점 더 죄어든다고……. 날 못 믿어? 증거 있어! 녹음해서 가지고 있다고. 제발 들어 봐. 그럼 이해할 거야."

사람 목소리와 거친 음악 소리가 뒤죽박죽으로 들려왔다. 반다가 외쳤다. "들리지? 안 그래? 이건 증거야. 그렇지 않아? 잔이 하나 깨지네. 들려?"

스텔라는 핸드백과 외투를 팔에 끼고 문 앞에 섰다. "반다 언니, 날 내보내 줘! 놔줘!"

"아니, 제발 가지 마. 가지 말고 조금만 더 있어. 너무 오랜 만이고, 할 이야기가 많은데……. 뭐가 두려운 거야? 아직 시간이 늦지 않았어. 전혀 아니지. 길은 더 이상 위험하지 않아. 나중에도 마찬가지고. 좀 있다가 택시를 탈 수 있고, 내가 같이 내려가서 잘 떠나는지 볼게……. 스텔라? 걱정할 필요 없어. 내 말은, 핸드백에 돈이 많이 있고 도둑맞을까 봐 걱정이 되면……."

"난 이미 도둑맞았어." 스텔라가 대답했다. "날 내보내 줘."

반다는 문으로 와서 그녀의 팔을 잡았다. "스텔라, 책장 때문이야? 너 가져. 정말 괜찮으니까 가져. 크지 않으니까 택시에 실을 수 있을 거야. 그렇게 쳐다보지 마. 화내지 말고……." 그녀의 손은 계속 그 자리에 있었다. 스텔라는 그 손을 자기 손으로 잡고는 차분해질 때까지 말없이 기다렸다. 반다는 문을 열고 옆으로 비켰다. 스텔라는 위로받을 길 없는 격한 해방감을 느끼면서 계단을 내려갔다. 그녀는 인사를 하려고 계단이 도는 곳에서 뒤를 돌아봤지만 문은 이미 닫혀 있었다. 「이브닝 블루스」가 잠깐 들리더니 바로 다시 잠잠해졌다.

도시에 짙은 안개가 내렸다. 봄의 첫 안개였다. 좋은 일이다. 그럼 이제 얼음이 조금씩 사라질 테니까.

두 손 가벼운 여행

배가 드디어 잔교를 빠져나갈 때 나의 마음에 밀려오는 안도감을 묘사할 수 있다면! 마음이 편해지는 것은 그때다. 아니 불러도 소용없을 만큼 배가 부두에서 멀리 떨어진 다음에…… 아무도 내 주소를 물어볼 수도, 무슨 끔찍한 일이 벌어졌다고 소리를 칠 수도 없을 때……. 사실 여러분은 내가 느끼는 어지러울 정도의 해방감을 상상할 수 없다. 나는 외투의 단추를 풀고 담배 파이프를 꺼냈지만, 손이 떨려서 불을 붙일 수가 없었다. 어쨌건 나는 파이프를 잇새에 물었다. 파이프는 주변 환경과 나 사이에 나름의 거리를 만들어 준다. 나는 이물 앞으로 나아갔고, 도시는 더 이상 보이지 않았다. 세상에 둘도 없이 최고로 마음 편한 관광객처럼 난간에 기대어 섰다. 맑은 하늘의 작은 구름들은 장난스럽고 기분 좋게 무질서해 보였다. 모든 것이 멀었고, 지나갔고, 아무 의미가 없었다. 더 이상 아무도 아무것도 중요하지 않았다. 전화도 편지도 초인종도 없다. 물론 여러분은 내가 무엇에 대해 이야기하는지 이해하지 못하겠지만 그 또한 부차적이고, 나는 그저 가능한 모든 것을 정리하며 세밀한 데까지 신경 써서 처리했다는 점을 설명하고자 할 뿐이다. 써야 하는 편지들도 다 썼다. 사실 나는 이미 그 전날 편지를 다 쓰고 갑자기 여행을 떠난다고 알렸다. 설명도 하지 않았고, 어떤 식으로도 나의 행동에 대해 해명하지 않았다. 하루 종일 걸리는 매우 힘든 일이었다. 물론 나는 내가 어디로 가는지 밝히지 않았고, 내가 돌아올 시점을 암시하지도 않았다. 다시 돌아올 생각이 없었으니까. 건물 관리인의 부인이 집 안의 식물들을 맡아 주었다. 어떻게 다루어도 잘자라지 않고 지쳐 보이는 식물들이 슬슬 마음에 걸렸다. 하지만 이제 뭐, 더 이상 볼 필요가 없는 식물들이었다.

여러분은 내가 짐에 무엇을 넣었는지 궁금할지도 모르겠다. 최소한만 챙기는 거다! 짐이 가벼운 여행은 언제나 내 꿈이었다. 신경 안 쓴 듯이 손에 달랑 들 수 있는, 공항 출국장 같은 데서 무거운 가방을 끌고 초조해하는 사람들을 서두르지 않고도 빨리 걸어서 추월할 수 있게 해 주는 그런 가방. 이제야 처음으로 필요한 최소한의 물건만을 가지고 가는 데 성공했다. 우리 집안의 보물이나 누군가를 기억하게 해 주는 사랑스러운 소품들, 감정적인 인생의 조각들 때문에 주저하지도 않았다. 아니, 이런 것에 가장 마음을 덜 썼다. 가방은 짐을 덜은 내 마음만큼이나 가벼웠지만, 호텔에서 하룻밤 묵게 될 때늘상 필요한 것들은 담고 있었다. 나는 어떠한 부탁도 하지 않고 집을 떠났지만 청소는 했다. 아주 꼼꼼하게. 나는 청소를 잘한다. 끝으로 전기를 끄고 냉장고를 열었다. 정말 마지막으로 전화선을 뽑고 나니 다 끝났다. 그러는 내내 전화는 한 번도 울리지 않았다. 좋은 징표다. 하나도, 이런 일이 하나도 없다는 것. 하지만 나는 지금 전화 이야기를 하려는 것이 아니다. 거기에는 더 이상 신경을 쓰지 않는다. 내 생각은 한순간도 그쪽을 향하지 않는다. 하여튼 나는 전화선을 뽑고 여권, 티켓, 여행자 수표, 은퇴자 카드 같은 중요한 서류를 다 챙겼는지 지갑도 확인한 다음, 모퉁이의 택시 정류장에 택시들이 서 있는지 확인하기 위해 창밖을 내다본 뒤 문을 잠그고 편지 구멍을 통해 열쇠를 안으로 던졌다. 오랜 습관대로 나는 엘리베이터를 타지 않았다. 나는 엘리베이터를 싫어한다. 4층에서 발을 헛디디고 계단 난간을 붙잡았다. 잠시 그대로 서 있었는데, 갑자기 몸 전체가 뜨겁게 느껴졌다. 생각해 보시라. 내가 정말로 넘어져서 발을 삐거나 더한 사고를 당한다면 모든 게 영영 돌이킬 수 없는 헛일이 될 뻔했다. 다시 준비를 하고 마음을 다잡아 떠나는 건 상상할 수도 없다. 온통 들뜬 나는 택시에서 기사와 열띤 대화를 했다. 이른 봄 날씨에 대해 한마디하고 그의 직업에 대해서도 이런저런 일에 관심을 보였지만, 그의 대답은 짧았고 나도 자제했다. 바로 이런 걸 그만하기로 작정한 게 아닌가. 이 순간부터 나는 누구에게도 관심을 가지지 않는 사람이고 싶었다. 택시 기사가 인생에서 접할 수도 있는 이런저런 문제들은 내가 고민할 일이 아니었다. 우리는 너무 일찍 배에 도착했다. 그는 내 가방을 꺼내 줬고, 나는 그에게 감사 인사를 한 뒤 너무나 후한 팁을 주었다. 그가 미소조차 짓지 않은 탓에 좀 기분이 나빴지만, 티켓을 받는 사람은 아주 친절했다.

내 여행은 이렇게 시작됐다. 갑판은 점점 추워졌고, 아무도 없었다. 다른 승객들은 식당으로 갔겠지 싶었다. 나는 서두르지 않고 내 선실을 찾아갔다. 하지만 즉시 내가 혼자가 아니라는 사실을 알았다. 한쪽 침대에는 외투와 가방, 우산이 놓여 있었고, 바닥 가운데 고급스러워 보이는 여행 가방 두 개가 있었다. 나는 그 가방들을 슬슬 밀었다. 물론 나는 선실 하나를 혼자 사용하겠다고 요구했다. 아니 그랬으면 하는 희망을 표시했다. 언젠가부터 나는 혼자 잠자는 것을 아주 중시했고, 특히 이번 여행에서는 나의 새로운 독립을 전혀 방해받지 않고 맛보기 위해 그것이 절대 필요했다. 배의 사무장에게 가서 불만을 표시하는 일 따위 생각할 수 없었다. 그는 기껏해야 이렇게 말할 것이다. 배가 만선이라고, 이건 정말 오해였다고, 그리고 만일 그 실수를 제대로 만회한다면, 내가 밤새도록 외로운 침대에 누워, 나와 방을 함께 나눌 뻔한 그 사람이 갑판 위 의자에 누워 눈도 못 붙이고 있을 상황을 생각하게 되리라고. 그의 세면도구는 매우 고급스러웠고, 특히 그의 하늘색 전동 칫솔과 'A. C.'라는 이니셜이 박힌 매니큐어 상자가 나를 사로잡았다. 나는 내 칫솔, 그리고 아무리 금욕적인 생활이라고 해도 필요하다고 생각한 다른 물건들을 꺼내고 잠옷을 반대편 침대에 얹어 놓고는 지금 내가 배가 고픈가 생각해 보았다. 식당에 사람이 많을까 봐 안 가고 싶어서, 저녁 식사를 거르고 바에서 한잔하기로 했다. 이른 저녁이라 바에는 사람이 별로 없었다. 나는 카운터 옆 높은 의자에 앉아, 대륙의 어느 바에서나 볼 수 있는 그런 쇠 난간에 발을 얹고 파이프에 불을 붙였다.

"블랙 앤드 화이트 하나 주시겠습니까?" 내가 말했고, 짧은 목례를 하며 잔을 받았다. 최소한 이런 태도를 보임으로써 지금은 대화할 생각이 없다는 신호를 보낸 것이다. 나는 앉아서 '여행의 개념', 그러니까 떠나온 것에 매이지도 책임도 지지 않으며 앞으로 올 일을 준비할 수도 미리 알 수도 없는 여정에 대해 곰곰이 생각했다. 커다란 평화로움이 느껴졌다. 이제까지 한 여행들을 하나하나 돌아보고 싶어졌다. 생각해 보니 놀랍게도 혼자 여행한 적이라고는 없었다. 처음에는 어머니와 함께 여행했다. 마요르카로, 카나리아 제도로, 다시 마요르카로. 어머니가 돌아가신 후에는 사촌 헤르만과 함께 다녔다. 뤼벡이나 함부르크에 갔을 때 헤르만은 오직 박물관만 보고 싶어 했는데, 사실 그는 박물관에 가면 우울해졌다. 미술을 공부할 기회를 누리지 못했는데 평생 그 일을 극복하지 못했기 때문이다. 이 여행들은 즐겁지 않았다. 그다음에는 이혼을 해야 할지 말아야 할지 결정을 못 해서 차라리 셋이 여행하는 게 낫다고 생각했던 발스트룀 부부와 함께 여행을 했다. 어디를 갔던가……. 그렇다, 베네치아였다. 둘은 아침마다 싸웠다. 음, 이것도 좋은 여행은 아니었다. 그다음에는? 레닌그라드[9]로 간 단체 여행. 끔찍하게 추웠지……. 그리고 기분 전환이 필요했지만 혼자 갈 용기는 없었던 힐다 이모……. 하지만 그때는 마리에함[10]까지밖에 가지 않았다. 해양 박물관에 갔던 기억이 난다. 보라. 내가 평생 했던 여행들을 돌아보고 나니 내가 지금 잘하고 있는지 하는 모든 의심이 사라졌다. 나는 바텐더를 향해 "한 잔 더 주시겠습니까?"라고 말하고는 아주 느긋한 마음으로 바를 돌아보았다. 사람들이 들어오기 시작했다. 기분 좋고 배가 부른 사람들이 커피와 술을 테이블로 주문하고 카운터의 내 주위에도 밀려들었다. 보통 나는 사람이 많은 곳을 혐오하고, 버스나 전차에서도 피하려고 애쓴다. 하

9   오늘날의 상트페테르부르크.
10 핀란드 남서단 올란드섬의 도시.

지만 이날 저녁에는 군중 사이에 있는 게 즐겁고 편안했고 심지어 보호받는 듯 느껴졌다. 시가를 손에 든 나이 든 신사 한 사람이 조심스러운 손짓으로 내 앞의 재떨이를 달라는 표시를 했다. 나는 "그럼요. 물론이지요."라고 대답했고, 잠시 살짝 사과를 할까 했지만 참았다. 그런 식으로 행동하던 시절은 지나갔다. 나는 지극히 사무적으로, 어쩌면 무관심하게 재떨이를 그의 쪽으로 옮기고는 바 안쪽, 병들 뒤에 있는 거울에 비치는 내 모습을 조용히 관찰했다. 바에는 뭔가 특별한 점이 있다고 생각하지 않으시는지? 그곳은 우연과 가능성을 위한 공간, 마땅히 해야 할 일과 반드시 해야 하는 일 사이의 험난한 여정에서 잠시 피할 수 있는 공간이다. 하지만 솔직히 말하면 내가 자주 찾는 공간은 아니다. 거기 앉아서 거울을 들여다보니 내 얼굴에 갑자기 호감이 갔다. 어쩌면 나는 흘러간 시간이 만들어 준 모습을 자세히 관찰할 시간을 지금까지 나에게 허락하지 않았는지도 모른다. 갸름한 얼굴에 약간 놀란 듯한 나름 아름다운 눈, 희끗희끗하지만 예술가답다고 할 만한 머리, 이마에 늘어진 머리는 뭐랄까, 두려워하는 조심성? 조심스러운 염려? 아니, 그냥 조심스러운 인상을 주었다. 나는 잔을 비웠고, 뜻밖에 갑자기 누구에게 이야기를 하고 싶은 욕구를 느꼈지만 바로 자제했다. 좌우간 지금이야말로 남의 말을 들을 필요 없이 마침내 내 말을 자유롭고 과감하게 할 기회가 아닌가? 사람들 사이, 바에서? 예를 들면 나는 지나가는 말로 내가 우편 행정에 미친 커다란 영향을 언급할 수도 있겠다. 아니지. 절대로 안 한다. 신비를 들추지 말자. 밝히는 건 안 된다. 혹시 암시라면 모르되……

내 왼쪽에는 아주 초조해 보이는 젊은 남자가 앉았다. 그는 계속 자세를 바꾸었고 의자를 이리저리 돌렸으며, 바에서 일어나는 모든 일에 눈길을 주는 듯했다. 나는 오른쪽을 향해 말했다. "오늘 사람이 많네요. 순탄한 항해가 될 것 같습니다." 오른쪽 사람은 시가를 재떨이에 비벼 끄더니, 배는 만선이고, 지금은 바람이 초속 8미터지만 밤에는 더 강해질 거라고 들었다고 말했다. 나는 그의 차분하고 냉정한 태도가 마음에 들었고, 은퇴한 사람일까, 왜 런던으로 가는 걸까 궁금해졌다. 이런 관심이 생긴 데 대해서는 솔직히 나 자신도 놀라웠다. 여러분이 이해하셔야 하는 점이 있다. 나와 완전히 동떨어진 것, 거의 혐오 대상이라서 어떻게든 피하고 싶은 무언가가 있다면 그건 호기심과 호감, 즉 나에게 걱정을 쏟아 놓고 싶은 걷잡을 수 없는 욕구를 따라가도록 독려하는 그 감정이다. 내가 아는데, 나는 한평생 많은 이야기들을 들었고, 그 모든 것은 내가 자초한 일이었다. 하지만 앞에서도 말했듯이 나는 바에 앉아 새로운 자유를 향해 가고 있었다. 그리고 약간 긴장이 풀어진 상태였다.

그가 말했다. "런던으로 가십니까? 일로 가세요?"

"아니요. 배로 여행하는 게 즐거워서요."

그는 동의한다는 듯이 고개를 끄덕였다. 거울에 그의 얼굴이 보였는데, 아주 묵직한, 어딘가 고생한 듯한 얼굴에 수염이 늘어졌고 눈은 피곤해 보였다. 그는 품위 있고 옷을 잘 입은 사람으로, 이렇게 말하면 이해할 수 있을지 모르겠지만, '대륙적'으로 보였다.

"제가 젊었을 때, 도시에서 생활하는 것보다 배로 여행하는 게 비용이 훨씬 덜 든다는 사실을 깨달았지요." 그가 말했다.

나는 그가 하는 얘기에 푹 빠져 다음을 기다렸지만, 그는 더 이상 말을 이어 가지 않았다. 천만다행으로 그는 개인적인 이야기를 털어놓는 부류는 아니었다. 천장 어딘가에서 약하지만 끊어지지 않는 음악 소리가 계속해서 들려왔다. 사람들은 점차 활발하게 대화하기 시작했다. 잔이 가득 담긴 쟁반이 놀라울 정도로 빠르고 정확하게 테이블에 도착했고, 나는 생각했다. '나는 지금 여기 경험 많은 여행가와 앉아 있구나. 인생에서 좋은 것들을 누렸고, 그가 하는 말은 다 알고 하는 말이다.' 그때 그가 지갑을 꺼내어 가족과 개의 사진을 보여 주었다. 이건 위험 신호다. 날카로운 실망감이 나를 관통했다. 하지만 이 여행 친구라고 해서 다른 모든 사람과 달라야 할 이유는 뭐란 말인가. 어쨌건 나는 어떤 일에도 흥분하지 않기로 작정을 했었으므로 사진을 보고 사람들이 일반적으로 하는 그런 칭찬을 했다. 부인과 아이들과 손자들과 개 모두가 평범한 모습이었는데, 다만 영양 상태가 유난히 좋아 보였다. 그는 한숨을 쉬었다. 주변의 소음 때문에 그 소리가 들리지는 않았지만, 그의 넓은 어깨가 한숨과 함께 올라갔다 내려오는 게 보였다. 집에서는 모든 일이 뜻대로 되지는 않는 게 분명했다. 누구나 다 똑같다. 이렇게 품위 있는 시가를 피우는 여행자, 금으로 된 라이터를 갖고 있고 가족이 자기 집 수영장 앞에서 사진을 찍는 여행자, 그마저도! 나는 급히 그냥 제일 먼저 생각나는 것, 그러니까 짐이 가벼운 여행의 장점에 대해서 말하기 시작했고, 천천히 자리를 뜨기로, 즉 무례하지 않은 범위 내에서 가능한 한 일찍 일어나기로 작정했다. 곧 돌아가겠다는 뜻으로 나는 객실 열쇠를 꺼내 내 잔 옆에 놓고 바텐더가 내 쪽을 보기를 기다렸지만 성과가 없었다. 카운터 주위는 아까보다 사람들이 더 밀렸고, 사람들은 참을성을 잃고 목소리를 높였고, 그 불쌍한 남자는 미친 듯이 일했다.

"블랙 앤드 화이트 둘." 나의 동행이 말했다. 낮은 목소리였지만 침착하고 나이에서 느껴지는 힘이 있었고 즉시 효과가 있었다. 그는 묵직한 눈빛을 나에게 향하고 잔을 들었다. 나는 이제 붙들린 것이다.

"감사합니다." 내가 말했다. "친절하시네요. 잠자리에 들기 전에 마지막 한 잔으로 하지요. 시간이 늦은 것 같아요."

그가 대답했다. "별말씀을요, 멜란데르 씨. 저는 커노라고 합니다." 그렇게 말하며 내 열쇠 옆에 자신의 열쇠를 놓았다.

"이런 우연이." 속이 상한 내가 말했다.

"천만에요. 객실에서 나오시는 걸 봤습니다. 여행 가방에는 이름을 꼼꼼하게 써 붙이셨더군요."

왼쪽에 있던 남자가 갑자기 나를 밀쳤다. 그는 바 위로 몸을 내밀고는 싸울 듯이 쿠바 리브레[11]를 달라고 했다. 세 번이나 주문을 했지만 이 인간 저 인간이 다 끼어들었다고, 다 아는데 늘 그런 식이라고 항의했다……. 커노 씨는 젊은이를 잠깐 아주 차가운 눈빛으로 쳐다보더니 말했다. "여기서 나갈 때가 된 것 같군요." 잠시 희망이 생겼지만 그의 다음 말에 다 무너졌다. "객실에 위스키가 있어요. 밤은 아직 길고요."

무슨 도리가 있겠는가? 아직 식사를 못 했다고 말한다? 그럼 그는 객실에서 기다릴 것이다. 이제 그의 모습이 온전히 보였다. 그는 강단 있고 압도적이며, 무엇에도 끄떡없을 확신을 발산했다. 나는 물론 계산을 나누려고 했지만 그는 손짓 하나로 상황을 정리해 버리더니 문으로 향했다. 나는 따라갔다.

11   럼과 콜라를 섞은 칵테일.

우리는 사람이 가득 찬 엘리베이터를 탔다. 배는 슬롯머신 주위에 몰려들거나 계단에 앉아 있는 사람들로 가득했고, 그들의 아이들은 이리저리 뛰면서 소리를 질렀다. 사람이 많은 곳에 대한 공포가 다시 밀려왔고, 간신히 우리 객실에 도착했을 때 나는 머리에서 발끝까지 추운 듯 떨었다. 커노 씨는 자기 짐을 치우고 위스키 한 병을 꺼내어 창문 아래 있는 작은 탁자에 놓았고, 은으로 된 잔도 두 개 꺼냈다. 그가 앉자 침대가 삐그덕거렸다. 그에게는 너무나 약하고 좁아 보였다. 객실은 일등실이었다. 온전히 나만의 여행으로 만들고 싶었기에 이 여행을 위해 큰 투자를 했다. 방에는 미니바가 있었는데, 잘 갖추어진 냉장고에 청량음료, 칩, 소금에 구운 견과류가 있었다.

"아니, 미네랄 워터는 필요 없습니다." 커노 씨가 말했다. "위스키는 스코틀랜드 사람들처럼 마셔야죠. 그냥 물을 써요. 우리 아버지는 스코틀랜드 사람이었습니다."

나는 화장실로 서둘러 가서 양치 컵에 물을 받아 나오다가 유난히 높은 문턱에 발이 걸렸다.

"얼음은?" 내가 물었다.

그는 고개를 흔들었다. 그는 위스키에 물을 약간 섞더니 뒤로 기대어 말이 없었다. 내 여행은 급히 변질되었고 평화는 끝났다. 그는 앞으로 몇 시간은 잠자리에 들지 않을 것으로 보였다.

"그쪽을 위하여." 그가 말했다. 늘 이렇게 똑같은 상황이 반복된다.

"그쪽을 위하여." 나도 말했다.

"여행, 여행, 이리로 왔다가 또 저리로 갔다가. 어디로 가는지 늘 다 정확하게 알죠. 매번 똑같아요. 집에 갔다가는 돌아오고, 돌아갔다가 다시 집으로."

"늘 그렇진 않죠." 내가 대답했다. "경우에 따라서는……."
하지만 그는 내 말에 끼어들었다. 나는 그에게 지금 내 경우에
는 결국 어디로 가는지도 모른다고, 호텔도 예약하지 않았다
고 말할까 생각했다. 나는 그에게 나의 새로운 자유, 이기적이
라고 할 정도의 자유를 동화적으로 묘사해 볼까 했지만, 그는
이미 그의 걱정을 이야기하기 시작했다. 부인과 아이들과 손
자들과 집, 분명 아주 비극적으로 죽은 듯한 개까지. 나는 마
음을 닫아걸었다. 아마도 난생처음으로 이 지긋지긋한 동정
심을, 나 자신도 내 주변도 겁나도록 괴롭히는 동정심을 정말
닫아 버렸다. 나는 '두려울 정도로'라고 했다. 여러분은 이제
내가 여행을 떠난 이유를 이해할지도 모르겠다. 내 피로, 언제
나 동정을 느끼는 경향 때문에 생기는 피로와 혐오의 깊이를
짐작하실 수 있는지?

아, 물론 사람들이 딱하기는 하다. 누구나 다 깊은 비밀, 극
복할 수 없는 일, 실망, 어떤 형태의 두려움이나 부끄러움 같은
것들을 끌고 다니고, 그들은 즉각 내 냄새를 알아챈다. 바꾸어
말하면, 사람들은 이미 냄새를 맡아 다 아는 상태로 나를 찾아
오는 것이다……. 음, 바로 그 이유로 나는 도망을 왔고.

커노 씨의 말을 흘려듣던 나는 슬금슬금 올라오기 시작하
는 커다란 분노를 느꼈다. 나도 나에게 그런 분노가 있다는 사
실을 몰랐다. 그래서 잔을 비우고 무작정 그의 말을 막아 버렸
다. "아, 뭘 바라겠어요? 말씀을 들어 보니 너무 잘해 주다가
그렇게 된 거군요. 아니면 겁을 먹게 하셨거나. 독립하고 자기
들 마음대로 하도록 내버려 두세요!" 위스키 기운인지 아니면
또 다른 무슨 영향 때문이었는지도 모르겠는데, 좌우간 나는

단호하게 한마디 보탰다. "그냥 놓아 버리세요. 모두 다. 집까지." 하지만 그는 꿈쩍도 하지 않았고, 지갑에 들어 있던 사진을 다시 꺼냈다.

가끔 인간이 가진 걱정들은 모두 비슷한 모습이라는 생각이 든다. 적어도 일상적인 문제들, 그러니까 (이게 무슨 말인지 알아들으신다면) 머리 위에 지붕이 탄탄하고 먹을 것도 있고 직접적으로 생명의 위협을 받지 않는 사람도 겪는 그런 문제들의 경우에는 그렇다. 실제로 눈앞에 대재앙이 벌어지기도 하지만, 내가 관찰한 바로는 그렇지 않은 경우에도 불행한 일들이 아주 단조롭게 계속 반복되는 것 같다. 누군가가 바람을 피우거나 지루해하고, 일에 흥미를 잃고, 야망 혹은 꿈이라는 거품도 모양이 일그러지고, 시간은 점점 더 빨리 가고, 가족의 행동을 이해할 수 없어 두려워지고, 우정은 아무것도 아닌 일 때문에 금이 가고, 중요하지도 않은 일로 바쁜 사이에 돌이킬 수 없는 일들은 멋대로 자기 갈 길을 가고, 책임과 의무는 우리를 갉아먹는다. 이 모든 것을 뭉뚱그려서 공포라고 하는데, 이런 불안한 상태를 제대로 정의하기란 힘들고 이를 시도한 사람도 별로 없다. 나도 잘 안다. 인생이 불행할 수 있는 방법은 수도 없이 많고, 나도 많이 접해 보았다. 이들은 끊임없이 돌아오며, 모든 슬픔이 자신에게 주어진 작은 자리로 다시 돌아온다. 나는 이러한 현실을 마땅히 알아야 하고, 옳은 대답을 알 때가 됐지만 지금도 모른다. 쓸 만한 대답이 없다. 그렇지 않은가? 그러니 그냥 들을 뿐이다. 게다가 사실은 아무도 가능한 답에 관심 없는 것처럼 보이고, 그저 말을 계속할 뿐이며, 또 와서 같은 일에 대해 다시 말하고 나를 놓아주지 않는다. 그리고 나는 지금 커노 씨와 함께 앉아서 그를 동정하지 않으려고 필사적으로 노력하고 있다. 여행은 아주 길어질 것 같았다. 지금은 이해받지 못한 어린 시절 이야기를 하고 있다.

배가 흔들리기 시작했지만 심하지는 않았다. 나는 뱃멀미를 전혀 안 한다. 그럼에도 불구하고 나는 아주 분명하게 말했다. "커노 씨, 속이 좋지 않군요."

"커노 씨라뇨. 앨버트라고 부르시지요." 그가 말했다. "앨버트라고 불러 달라고 제가 말 안 했던가요? 그러니까 그 공포라는 건……."

"앨버트, 갑판에 좀 나가야겠어요. 바람을 좀 쐬었으면 합니다. 속이 안 좋아서."

"별문제 아닙니다." 그가 말했다. "위스키를 스트레이트로 마셔요. 지금 바로. 그리고 바람은 쐬고 싶은 대로 쐬고요." 그는 창문을 밀었다. 흔히 보는, 단단하게 나사를 조인 선실 창문이었다. 어떻게 잠갔는지는 세상 아무도 모를 텐데 그는 그 창을 통째로 열었다. 차디찬 공기가 습기를 잔뜩 머금고 거세게 들어와 내 호흡까지 실어 갔다. 바로 커튼이 펄럭였고, 내 잔은 바닥에 떨어졌다.

"괜찮군요." 마음이 놓인 게 분명한 그가 말했다. "내가 고쳤네요. 제가 권투 선수가 될까 생각한 적이 있다는 걸 아십니까? 이제 속이 좀 나아지셨겠죠."

나는 외투를 집으러 갔다.

"앨버트." 내가 말했다. "무슨 일을 하시나요?"

"사업이죠." 아주 짧게 그가 대답했다. 내 질문은 그를 다시 우울하게 한 게 분명했다. 한동안 침묵이 흘렀다. 우리는 건배를 했다. 간간이 소금물이 테이블로 튀었다. 나는 우리 술에 물이 좀 더 섞인다고 농담을 해 보려고 했지만 그러지 못했

다. 커노 씨의 눈에 눈물이 고인 것을 본 나는 겁이 났다. 그의
얼굴이 일그러졌고 그가 말했다. "당신은 모릅니다. 어떤 기
분인지 몰라요……."

　　사람들이 울기 시작하면 끝이다. 그럼 나는 그들의 손에
넘어간다. 나는 세상 무엇이라도 약속한다. 나의 영원한 우
정, (물론 이 경우에는 아니겠지만) 돈, 내 침대, 정말 싫은 일 맡
기……. 게다가 우는 사람이 건장한 남자면……. 나는 필사적
이 되어서, 펄쩍 뛰어올라 온갖 제안을 했다. 나이트클럽, 수
영장, 뭐든지. 하지만 배가 흔들리는 바람에 균형을 잃고 커노
씨에게 엎어졌다. 그는 물에 빠진 사람을 건지듯이 나를 붙잡
아, 그 커다란 머리로 내 어깨를 받쳤다. 정말 난감한 상황이
었다. 이 자세는 여러 가지 면에서 지극히 불편했다. 이런 비
슷한 일을 경험한 적이 없었다. 다행히 마침 그때 배가 더 깊
이 내리박혔고 창문으로 엄청난 물이 들어왔다. 커노 씨는 번
개처럼 잽싸게 술병을 붙잡았고, 되는 데까지 나사를 조이며
다시 창문을 닫기 시작했다. 나는 복도로 뛰쳐나와 앞뒤를 가
리지 않고 도망치며 배 안의 복잡한 바깥 공간들을 지났고, 완
전히 지쳐서야 멈추었다. 내 주위에는 사람도 거의 없었고, 아
무 소리도 들리지 않았다. 열려 있는 문을 통해 내다보았다.
갑판실이었다. 큰 방은 낮은 의자로 가득했고, 의자 대부분은
자려는 사람들이 뒤로 젖혀 놓았다. 갑판 승객 여럿은 이미 담
요로 몸을 감고 누워 있었다. 나는 들어가서 아주 조심스럽게
남는 담요를 하나 집어 들고 맨 안쪽 벽 앞의 의자를 하나 골
랐다. 아주 훌륭했다. 침묵에 잠겨 이 세상 모든 문제를 잊고
잔다……. 지독한 두통이 왔고 온몸이 젖었지만, 그건 전혀 문
제가 아니었다. 아무 문제도 되지 않았다. 나는 머리에 담요를

뒤집어쓰고 모든 관심을 끊고 완전한 평화 속으로 숨었다.

자다 깬 나는 여기가 어디인지 전혀 알 수 없었다. 누군가 내 담요를 끌어 내리며 이 의자가 자기 것이라는 말을 반복하고 있었다. 의자는 31번이고, 그녀의 자리이며, 표를 가지고 있어서 자신의 자리임을 증명할 수 있다고 계속 말하고 있었다……. 나는 일어나 앉았고, 정신이 멍하고 혼란해서 말을 시작했다. "죄송합니다. 오해가 있었군요. 조명이 어두워서. 정말 죄송하게 되었습니다……."

"아니 괜찮습니다." 그녀가 불쾌해하며 말했다. "늘 오해가 있죠. 다 알아요. 그렇게 말들을 하죠."

머리는 더 아파졌고, 매우 추웠다. 내 눈에 보이는 의자에서는 거의 다 이미 누군가가 자고 있었고, 나는 그냥 바닥에 앉아서 목을 주물러 보았다. "표가 없으신가요?" 그 여자가 날카롭게 말했다.

"없습니다."

"표를 잃어버렸어요? 배는 여기까지 꽉 찼는데요."

나는 아무 말도 하지 않았다. 어쩌면 바닥에서는 잘 수 있을지도 모르지.

"어쩌다 그렇게 젖으셨나요?" 그녀가 물었다. "위스키 냄새가 나는군요. 우리 아들 헤르베르트도 위스키를 마시거든요. 한번은 호수에 빠진 적도 있죠." 그녀는 앉아서, 턱까지 담요를 덮은 나를 바라보았다. 그녀는 뼈가 드러나게 마르고 머리가 하얗게 세었으며, 햇볕에 그을리고 눈이 날카로운 여자였다. 모자는 발치에 놓아두었고……. 그녀는 말을 이었다. "제 가방이 저기 있어요. 가능하시면 좀 가져다주시겠어요? 이런 곳에서는 물건을 보이는 데 두는 게 제일 낫지요. 케이크

상자를 살살 다루어 주세요. 헤르베르트를 위한 거거든요."

사람들이 점점 더 들어와 자신들의 자리를 찾았다. 배가 심히 흔들렸고, 별로 멀지 않은 곳에서 누군가가 봉투에 구토를 하고 있었다.

"런던은 다를 거예요." 나이가 꽤 든 이 여자는 말하면서 여행 가방을 좀 더 가까이 끌었다. "헤르베르트가 어디에 있는지만 알아내면 돼요. 사람들의 주소를 알아내려면 어디로 가야 하는지 아시나요?"

"아니요." 내가 말했다. "배의 사무장이 혹시 알지도 모르죠⋯⋯."

"내일 아침까지 바닥에서 주무실 건가요?"

"그래요. 많이 피곤합니다."

"그렇겠지요." 그리고 그녀가 덧붙였다. "위스키는 비싸니까요." 잠시 후에 또 말했다. "뭘 좀 드셨나요?"

"아니요."

"그랬을 거 같았어요. 그릴에서 음식을 파는데 저한테는 너무 비싸더군요."

나는 바닥에 웅크려 외투를 덮고 잠을 청했다. 하지만 잠이 오지 않았다. 도대체 저 여자는 어떻게 아들 주소도 없이 런던으로 출발할 수 있었을까? 국경에 도착하면 분명 입국을 거부당할 텐데. 때가 때인지라 다른 나라에 들어가려면 연락처도 필요하고 돈도 충분히 있어야 할 텐데⋯⋯. 대체 어디서 온 사람이지? 어디 시골에서 온 여자 같다⋯⋯. 아들을 위해서 케이크를 구웠다니⋯⋯. 아이고, 어떻게 저토록 대책 없고 어리숙할까?

잠시 잠이 들었다가 다시 깼다. 여자는 코를 골고 있었고,

한 팔은 의자 옆으로 늘어졌다. 손은 피곤해 보였다. 주름지고 햇빛에 탄 손에는 굵은 결혼 반지가 끼워져 있었다. 멀미하는 사람이 늘었고, 악취가 심했다. 나는 갑판으로 올라가기로 했다. 승강기에 대한 거부감이 되살아나서, 계단을 걸어 올라가다가 사람들이 앉아서 식사하고 있는 그릴을 지났다. 잠시 망설였지만 커다란 샌드위치 몇 개와 맥주 한 병을 포장해서는 다시 계단을 내려가 내가 조금 전에 있던 자리를 찾아갔다. 그녀는 깨어 있었다.

"아이고, 친절하시네요."라고 말하며 그녀는 바로 샌드위치를 먹기 시작했다. "나눠 드시지 않겠어요?" 하지만 나는 더이상 배가 고프지 않았고, 그녀가 입국하려면 돈이 얼마나 있어야 할까를 앉은 채로 생각했다. 어디로 가야 하는지도 모르는 여행자들을 위해 교회에서 운영하는 호텔 같은 게 없을까? 사무장을 찾아야 한다. 사무장이라면 알지도 모르니까…….

"엠마 파게르베리라고 해요." 그녀가 말했다.

옆 의자에 누워 있던 사람이 담요에서 모습을 드러내더니 말했다. "조용히 좀 하세요! 잠 좀 잡시다."

그녀는 베개 밑에서 핸드백을 꺼냈다. "정말 친절하시네요." 엠마 파게르베리가 속삭였다. "아들 사진을 보여 드릴게요. 헤르베르트의 네 살 때 모습이죠. 이 사진은 별로 또렷하지 않지만 더 잘 나온 게 몇 있는데……."

낙원

2월의 어느 날, 빅토리아 요한센 교수는 대녀 엘리사베트와 함께 지내기 위해 알리칸테[12]의 서쪽 산골 마을에 도착했다. 작고 오래된 마을이었다. 엘리사베트가 때때로 보내 주는 예쁜 엽서에서처럼, 담을 다닥다닥 마주하고 있는 집들이 언덕을 기어오르고 있었다.

길고 힘든 여행이었다. 빅토리아는 엘리사베트가 약속한 대로 공항에 나오지 않아 약간 실망했다. 더 정확히 말하자면 의아했다. 둘은 이 여행을 오래전부터 준비했고 기대도 컸다. 초인종은 보이지 않았다. 빅토리아는 문을 두드렸지만 얼룩덜룩한 고양이 두 마리가 담 밑에서 기어 나와 야옹거릴 뿐이었다. 그녀는 엘리사베트의 스페어 키를 가방에서 꺼내 파티오[13]로 들어갔다. 파티오는 크지 않았지만 갖출 것은 다 갖추고 있었다. 바닥엔 돌이 깔려 있고 예쁘게 나란히 서 있는 불

---

12   스페인 남동부의 주와 그 주도.
13   건물로 둘러싸인 에스파냑식 뒷마당.

룩한 화분에는 식물들이 자라고 있었으며, 머리 위에는 푸른 잎들이 엷은 지붕을 만들고 있었다. 빅토리아는 여행 가방을 내려놓고 중얼거렸다. "그래. 파티오구나." 마음을 편하게 해 주는 광경이었고, 먼 나라에 대한 그녀의 꿈 그대로였다. 엘리사베트가 집에 없으니 빅토리아는 그다음 문도 열었다. 강한 햇빛을 뒤로하니 실내가 아주 어둡게 느껴졌다. 창문은 하나밖에 없고 게다가 아주 작았는데, 창밖은 연두색 잎과 오렌지가 주렁주렁 달린 나뭇가지에 둘러싸여 있었다. 지쳐 버린 빅토리아는 몸을 밖으로 내밀면 열매를 딸 수 있겠다고 생각했다. 나무가 만일 엘리사베트나 이웃의 것이라면……. 아주 조용했다. 어느 순간 방이 온통 뒤죽박죽이라는 점이 눈에 띄었다. 옷과 서류, 먹다 남은 음식 등 어디를 보아도 걱정하며 서두른 흔적이 보였고, 식탁 위에는 편지가 놓여 있었다. 그녀는 선 채로 읽었다. "대모님, 엄마가 많이 아프시다는 연락을 받아서 바로 공항으로 가요. 여기서 그런대로 편히 계셔야 할 텐데요. 이렇게 되어서 정말 죄송해요. 가스통이 비면 광장 옆 카페의 호세가 도와드릴 거예요. 땔감도요. 그 사람은 프랑스어를 좀 하지요. 지금 좀 급해요. 사랑해요. 엘리사베트. 추신. 편지를 쓸까 했지만 그랬어도 제때 못 받으셨겠지요."

'안됐네.' 빅토리아가 생각했다. '힐다가 갑자기 병들다니……. 하지만 힐다는 전부터 약했으니까. 언덕을 올라가는 게 힘들었지. 우리가 함께 스코틀랜드에 갔을 때. 그게 1900 몇 년이었더라……. 음, 어쨌건 우리가 한참 젊었을 때였지. 같이 여행하면서 그렇게 징징거리고…… 레몬꽃이 피는 나라[14]

14 괴테는 자신의 작품에서 이탈리아를 이렇게 불렀다.

나 스페인으로 가는 이야기를 했었는데……. 편지를 한번 써야겠네. 엘리사베트에게도. 하지만 무엇이나 때가 있으니 좀 두었다가 해야지. 가스불을 어떻게 붙이는지 모르겠네…….'

빅토리아는 모자를 벗었다. 희게 회칠이 된 힐다의 검소한 방에서 등받이가 똑바른 의자에 앉아, 어린 시절부터의 친구 생각을 더 해 보았다. 하지만 힐다의 기억은 점점 희미해지고, 그저 양심의 조그마한 거리낌 정도에 그쳤다. 빅토리아는 그날 들어 세 번째 담배에 불을 붙이고는 오렌지가 보이는 창밖을 살펴보기 시작했다.

빅토리아 요한센은 젊을 때 아주 사랑받는 교사였다. 학생들에게 흥미를 불러일으킬 줄 알았고, 갑자기 말을 중단해도 정신을 놓은 게 아니었다. 침묵 뒤에는 명확하게 형태를 갖춘 아이디어가 제시되었다. 훗날 대학에서 스칸디나비아 문학을 가르쳤을 때, 빅토리아는 대단히 존경받았다. 사실 그녀는 부드러웠고 다른 사람을 비난할 줄 몰랐으며 계속 문서와 메모를 잃어버리거나 어디에 두고 오는 등 전혀 정리를 못 했지만, 다 상관없었다. 빅토리아의 서투른 어수룩함, 아니면 반대하거나 놀리려는 온갖 시도들을 다 오해해 버리는 지칠 줄 모르는 선의가 학생들을 무장 해제시켰는지도 모른다. 그녀는 보호받는다는 느낌을 주었다. 멀리서부터 사람의 마음을 놓이게 했다. 뭉툭한 신을 신은 작고 탄탄한 체구. 빅토리아는 트렌치코트를 즐겨 입었고 보통 넉넉하고 편안한 옷을 좋아했지만, 그녀의 친칠라 망토와 진주만은 진짜였다. 학생들이 집에 인사하러 찾아올 때면 그녀는 늘 진주 목걸이를 걸었다. 대학으로 옮기기 전에도 이미 그녀는 매주 작은 파티를 열곤 했다. 그때는 코코아와 케이크를, 나중에는 마티니와 올리브를 냈고, 손님들은 원하면 친구들을 데리고 와도 되었다. 좀 지나치다고 생각하는 사람들도 있었지만 빅토리아에게 가식이라고는 전혀 없음을 인정할 수밖에 없었다. 그녀는 판단할 대상이 아니라 그냥 그대로 받아들여야 하는 대상이었다. 젊은이들은 빅토리아의 집으로 오면서 오늘은 그녀가 어디에서 문제를 겪을지 내기를 걸었고, 이것이 무슨 게임처럼 되었다. 마티니병을 못 열 수도 있고, 전원이 나가서 집 안이 캄캄한데 어쩔 줄 모를 수도 있고, 창문이 안 닫힐 수도, 중요한 문서가 책장 뒤로 떨어질 수도 있고…… 정말 그렇게 되면 그들은 시종일관 다정한 눈빛으로 모든 문제들을 해결했고, 웃으면서 말했다. "빅토리아는 나이가 먹어서." 엘리사베트는 공부를 제일 잘하는 학생 축에 끼지는 못했지만 사랑스러운, 아주 사랑스러운 학생이었다.

엘리사베트는 위층의 방 하나를 빅토리아를 위해 준비해 두었다. 침대 위에는 가운이 펼쳐져 있고, 아몬드나무 가지와 재떨이가 하나 있었다. 그리고 정말 마음을 써 준 부분은, 스탠리 가드너의 책이 한 권 있었다는 것이다. 엘리사베트는 빅토리아가 추리 소설을 좋아한다는 사실을 고맙게도 기억해 주었다.

여기도 창문은 똑같이 작았지만, 이 창밖으로는 긴 곡선을 그리며 산을 따라 오르는 계단식 경작지를 내다볼 수 있었고, 거기에는 흰색과 분홍색으로 꽃이 만발한 아몬드나무가 줄지어 서 있었다. 엘리사베트는 흙이 제자리에 굳어지게 하는, 몇백 년 동안 지어진 계단식 경작 이야기를 했었다. 돌 하나하나가 모르타르 없이 정교한 조각 맞춤처럼 짜이는 전통적인 방식으로 담을 쌓을 수 있는 사람이 지금은 몇 없다고 했다. 빅토리아는 담에 유난히 관심이 많았다. 시골에서 바닷가의 잔교를 수리하려고 해 본 적도 한 번 있지만, 손재주가 없는 사람이라 아쉽지만 할 수 없었다.

작은 계단이 하나 더 있는데, 옥상 정원으로 통했다. 그곳에 올라가면 너른 풍경의 놀라운 아름다움이 눈에 들어왔다. 산등성이들이 웅장한 위엄을 드러내며 빅토리아를 에워싸고 있었다. 깊은 그릇 같은 골짜기 바닥에서 빅토리아는 기껏해야 벼룩이었다. 거대하면서도 폐쇄된, 극적인 풍경이었다. 인간은 여기에서 어떤 영향을 받을까? 온전히 고립된 곳이다. 빅토리아는 조용히 서서 귀를 기울였고, 온전하지 않음으로써 침묵이 더욱 드러난다는 점을 점차 깨달았다. 여기저기서 개가 짖고, 자동차가 마을 아래쪽 도로를 지나가고, 아주 멀리서 교회 종소리가 들려왔다. 비교점. 그녀는 생각했다. '비교 대상이 필요하다. 간간이 섬이 있어 수평선이 끊기면 바다가 더 넓어지는 것처럼……. 그리고 이제 됐다. 나한테 하루에 힘든 일은 이 정도로 족해. 짐은 풀지 않고 음식도 만들지 않을래. 그냥 자러 가야지.'

빅토리아의 밤은 신비로운 큰 그림들로 가득 찼다. 해 뜨기 전부터 닭들이 울었다. 마을에 닭이 많은가 보다. 아침이 왔다. 방은 엄청나게 추웠고, 그중에서도 돌바닥은 정말 찼다. 빅토리아는 가져온 털옷을 전부 걸치고 계단을 내려갔다. 오렌지나무 가지가 드리운 창을 열고 몸을 밖으로 내밀어 오렌지 하나를 손에 잡았지만 따지는 못했다. 어딘가 어울리지 않는 행동 같았다. 차 한 잔이 훨씬 낫지.

천만다행으로 가스는 작동했다. 가스통은 아직 비지 않았다. 뭔가 온수와 관련이 있을 것 같은 기계가 하나 더 있었다.

조심스레 단추를 돌렸더니 기계가 불안한 바람 소리를 내며 작동을 시작해서, 빅토리아는 다시 잠그고 차를 끓였다. 냉장고에는 잘 정리된 작은 비닐봉지가 가득했다. 그녀는 하나를 열었지만 안에 든 것이 냉동된 오징어 같아서 얼른 다시 닫았다. 잼병은 아주 평범하게 보였다. 소박한 잼병이 빅토리아를 불편하게 했는지도 모르겠다. '다른 사람의 인생 속, 그의 냉장고 안으로, 침대 안으로, 걱정스러운 출발 안으로 잠입하다니…… 내가 이기적이었다. 내가 엘리사베트에 대해 뭘 아나? 욕실에 면도기가 있던데. 나 때문에 그 남자가 다른 곳으로 옮겨야 했는지도 모르지?'

빅토리아는 모자에 외투까지 입고 고양이들에게 줄 우유를 한 그릇 담아 밖으로 나갔다. 추운 아침이었다. 해는 이제 막 산등성이까지 올라왔다. 도로는 가운데에 우물이 있는 예쁜 광장까지 이어졌는데, 광장의 나무에는 아직 잎이 없었다. 무슨 나무인지 알고 싶었다. 플라타너스였을까? 어떤 가게와 호세의 카페가 있었고, 푸근하고 따뜻한 마음이 들게 하는 크고 노란 우편함이 있었다. 어디서건 우표를 사서 옛날 학생들 몇에게 예쁜 엽서를 보내야겠다. 아직은 문들이 다 닫혀 있었다. 나이 든 남자가 광장을 가로질러 왔고, 둘은 인사를 했다. '아, 이제 나는 여기 사람이 되었구나.' 하며 빅토리아는 작은 기쁨의 전율을 느꼈다. '사람들이 나와 마주치면 인사를 하는구나…….'

그늘진 파티오에서 그녀는 『여행자용 가이드: 자주 쓰는 표현들』에 몰두했다. '도와주세요. 죄송합니다. 실례합니다. 신발 닦는 사람, 재단사, 기념품 가게, 미용실…… 은 어디 있나요?'

12시쯤 되자 문을 두드리는 소리가 들렸다. 젊은 남자 한 명이 공구통을 들고 와서 미소를 짓고 빅토리아가 알아들을 수 없는 언어로 뭐라고 하더니 벽에 큰 구멍을 뚫기 시작했다. 신기한 일이다. 아름답고 쓸모 있는 스페인어 표현을 많이 익혔다고 생각했지만 정작 필요해지니 다 사라져 버렸다. 빅토리아는 그 남자에게 엘리사베트의 포도주와 담배 하나를 내주었고, 구멍 내는 일이 끝날 때까지 주위를 오락가락했다. 그는 그러고는 갔다. 잠시 후 그가 돌아왔는데, 아까처럼 미소를 짓더니 엄청난 미모사 다발을 그녀에게 주었다. 빅토리아는 압도되었다. 미모사는 누가 생일일 때나 작은 가지 몇 개를 사는 정도로만 알고 있었는데……. 마치 낯선 나라가 그녀를 받아들이는 것 같았다. 놀라운 일, 엘리사베트에게 들려주어야 할 일이었다.

그는 구멍을 석고로 채웠고, 정리를 하고 나서는 그녀를 보고 웃었다.

"잘되었네요." 빅토리아가 수줍게 말했다. "아주 아주 예뻐요."

다음 날 다시 문소리가 나자 빅토리아는 그 남자가 벽 공사를 계속하려고 다시 온 줄 알았다. 하지만 문 앞에서 붉은 머리 여자가 영어로 말하며 엘리사베트를 찾고 있었다. 작은 개 네 마리를 데리고.

"정말 반가워요!" 빅토리아가 말했다. "얼른 들어오세요. 강아지가 이렇게 많이…… 앉으시지요. 엘리사베트가 없어서 유감이네요. 딱하게도 어머니가 편찮으셔서 고향에 가야 했어요……. 저는 엘리사베트의 대모인 빅토리아 요한센입니다. 저기, 차 한 잔 드릴까요?"

"조지핀 오설리번이라고 해요." 손님이 말했다. "고맙지만 차는 사양하겠어요. 괜히 일을 만들지 마세요. 하지만 엘리사베트는 보통 찬장에 포도주를 갖고 있었어요."

빅토리아가 엘리사베트의 장을 뒤져 보았지만 위스키 반병이 있을 뿐이었다.

개들은 조지핀의 의자 옆에 엎드렸는데, 좀 있으니까 몇 마리가 품으로 뛰어올랐다.

"건배." 위스키를 좋아하지 않는 빅토리아가 말했다. "오설리번 씨, 여기서 산 지 오래되셨나요?"

"일 년밖에 안 되었어요. 하지만 영국 마을에 사는 사람들 대부분은 여기 온 지 훨씬 오래되었죠."

"영국 마을이라고요?"

"그래요. 영국인들 사는 지역요. 미국 사람도 몇 있긴 해요. 여기가 물가가 싸거든요."

"그리고 아름답지요." 빅토리아가 보탰다. "진짜 낙원이에요!"

조지핀은 그 말에 웃었다. 작은 얼굴을 찡그리니 나이가 더 들어 보였다. 그녀는 개들을 무릎에서 밀치고 잔을 비웠다.

"개들이 아주 잘 따르네요." 빅토리아가 말했다. "좀 더 드릴까요?"

"네. 감사해요."

"담배는요?"

"괜찮아요. 제 것이 있어요." 조지핀은 한동안 말이 없더니 자기 담배에 불을 붙이고 몇 번 들이마시자마자 다시 성급하게 재떨이에 눌러 껐다. "낙원이라고 하셨어요? 거기에도 뱀이 있답니다! 이 마을도 더 이상 안전하지 않아요. 아무도 아무것도 하지 않고요."

"하지만 스페인 사람들이……." 빅토리아가 말했다.

조지핀이 참을성 없이 외쳤다. "이해 못 하실 거예요. 하지만 마음 쓰지 마세요."

개 한 마리가 다시 무릎 위로 뛰어올랐고, 다른 개들은 의자 아래로 비집고 들었다.

빅토리아가 말했다. "엘리사베트가 없어서 정말 유감이에요. 혹시 제가 도와드릴 일이 있나요?"

"아니요. 이해 못 하실 거예요."

오토바이가 몇 대 지나가더니 다시 조용해졌다.

그런데 갑자기 조지핀이 급하게 외쳤다. "아무도 신경 쓰지 않아요! 아무도 안 한다니까요!"

제일 작은 개가 짖기 시작했다.

"앉아!" 그녀가 외쳤다. "앉아! 그런데 낙원이라고 하셨지요! 누가 당신을 죽이겠다고 맹세했다면 그걸 어떻게 받아들이시겠어요?"

개들이 이제는 모두 다 짖었다.

빅토리아가 말했다. "개들을 내보내야 할 것 같은데요."

개들을 파티오에 내보내고 돌아와 보니 손님은 등을 방쪽으로 돌리고 창문 앞에 서 있었다. 빅토리아는 기다렸다.

"그 인간의 이름은 스미스예요." 그녀가 계속했다. 이제 그녀는 차분하고 침착하게 말했다. "스미스라니까요. 보세요. 마을을 돌아다니며 칼을 휘두르고 나를 살해하겠다고 한다니까요. 저하고는 담을 맞대고 사는데도요! 개하고 스테레오를 혐오하고, 협박 편지를 문 밑으로 넣고, 우리 집을 청소해 주는 여자에게 인상을 쓰고, 지난주에는 우리 집 미모사를 잘라 버렸어요. 경찰서에 가 봤지만, 무슨 일이 벌어지기 전에는 아무것도 할 수 없다네요. 다른 말로 하면 내 목에 칼이 들어와야 움직인다는 거예요!"

"미모사는 큰 나무였나요?" 빅토리아가 말했다.

조지핀은 화난 눈빛으로 바라보았다. "일 미터요." 하고 짧게 대답했다.

"개들은 뭐라고 하나요?"

"짖죠. 당연히."

"자, 오설리번 씨, 너무 서두르지는 맙시다. 살해라는 건 그렇게 쉽게 쓸 수 있는 말이 아니잖아요. 잘 생각하고 조심스럽게 써야죠. 여긴 좀 추운데 불을 좀 때면 어떨까요? 엘리사베트가 바깥 파티오에 땔감을 두었을 것 같아요."

커다란 올리브나무 토막이 있었고, 잔가지가 달린 나뭇가지도 있었다. 조지핀은 불을 붙이는 데 성공했고, 불은 푸르게 활활 타올랐다.

"참 아름답게 타네요." 빅토리아가 말했다. "달라요. 우리나라와는 달라요."

조지핀은 조용히 서서 불을 들여다보았다. "그래요." 그녀가 말했다. "완전히 다르죠."

빅토리아는 학생들이 끔찍한 일을 겪었다며 이야기하러 오던 때가 기억났다. 그럴 때면 난로에 불을 때게 도와 달라고 하는 것이 도움이 되곤 했다.

그녀는 말했다. "오설리번 씨, 당신 문제에 대해 진지하게 생각해 보고 도울 방법을 찾아볼게요. 하지만 꼼꼼하게 생각해 볼 시간을 주세요."

조지핀은 빅토리아를 바라보았다. 태도가 완전히 달라지

고 여유가 생겼다. 얼굴에서 긴장을 풀고 그녀가 속삭였다. "진짜로 도와주실 건가요? 진심이세요? 믿을 수 있죠? 그렇죠?"

"물론이죠." 빅토리아가 말했다. "이 일은 정리를 해야 해요. 이제는 댁에 가서 뭐라도 다른 생각을 좀 해 보세요." 그녀는 살인 사건을 다룬 괜찮은 추리 소설이라도 읽어 보라고 할까 했지만 마지막 순간에 자제를 했다.

조지핀이 개들과 함께 떠난 다음 빅토리아는 종이와 펜을 꺼내고 담배에 불을 붙이고는 난로 앞에 앉았다. 갑자기 활기가 생겼다. 그녀는 '조지핀 건'이라고 썼지만 잠시 생각하고는 '칼을 품은 여자'라고 고쳤다.

1 칼을 품은 여자를 X라고 하자. 그게 스미스보다는 나으니까. 제정신이 아닌 건 X일까 J일까? 아니면 혹시 둘 다? (확실한 점: 경찰은 빼자. 협조하지 않으니까.)

2 칼로 위협하며 돌아다니는 게 스페인에서 합법적인지 확인하기. 경범죄로 벌금을 물게 될 수도 있지만 더 공격적으로 여겨질 수도 있다. 그 여자는 어떤 칼을 선택했을까? 단도일까? 부엌칼일까? 중요한 사항인 것 같다. 내가 X에 대해 아는 게 뭐지? 아무것도 없다.

3 동기. 개와 스테레오가 다는 아닐 것 같고, 더 중요한 뭔가가 있는 게 틀림없다. 동기를 확인하기.

4 방법. X를 만나 봐야 할 듯. 급한가? J가 괜히 드라마를 만드는 걸까? 호세와 이야기하기. 하지만 외교적으로.

난로는 활활 탔고, 방은 상당히 더웠다.

빅토리아는, 여기는 누구나 낮잠을 자는 나라니까 자신도 양심에 거리낄 것 없이 한잠 자기로 마음먹었다. 아주 훌륭한 문화고, 스칸디나비아에도 도입되었으면 좋겠다.

빅토리아는 카페의 호세를 찾아갔다. 그에게 명함을 주었고, 부인에게는 원래 엘리사베트에게 주려고 했던 초콜릿 한 상자를 선물했다. 호세가 커피를 내오자 그녀는 날씨와 아름다운 자연에 대해서 좀 이야기하다가 마을의 외국인들과 접촉이 있는지 물었다.

그는 어깨만 으쓱했다. "자기네들끼리 생활하죠." 그가 말했다. "퇴직한 사람들이에요. 거의 다 여자들이죠. 아시잖아요. 더 오래 사니까요."

"그 사람들은 뭘 하며 지내죠?"

"번갈아 가며 파티를 하죠." 호세가 웃으며 말했다.

빅토리아는 어떤 여자에 대해 들었다고, 이름이 스미스라고, 한번 찾아가야겠다고 말했다.

"진심이에요?" 호세가 말했다. 그는 카운터 뒤에서 듣고 있던 부인을 향해 말했다. "카탈리나, 들었어? 교수님이 스미스 씨 집을 찾아가시겠다네!"

"아이고, 세상에." 카탈리나가 말했다. "절대 못 들어가실걸."

조지핀이 X와 담을 맞대고 사는 집까지는 계단이 길게 뻗어 있었다. 그 앞에서 빅토리아는 나지막한 담에 올라앉아 기다리며 스페인어 단어장을 읽었다. 시간이 한참 흐르고 나서야 X가 대문으로 나와 문을 잠그고, 마치 어디로 가야 할지 모르는 사람처럼 문 앞에 잠잠히 섰다. 어쨌건 장바구니를 들고 있었으니 장을 보러 가는 것 같았다. X는 아주 작았고, 크게 위험해 보이지는 않고 그저 좀 어두워 보였다. 희게 센 머리는 손질이라고는 해 본 적이 없는 것 같았다. 칼도 없었다. X는 그렇게 집에서 나왔다.

"실례합니다." 빅토리아가 말했다. "몸이 너무 안 좋은데요, 어디에서 물을 좀 얻을 수 있을까요?"

"광장의 우물에 가면 있지요." X가 대답했다. 그녀의 어두운 눈에는 의심이 가득했다.

"하지만 그렇게 멀리까진 못 가겠어요……. 너무 더워서, 저는 더위에 익숙하지 않거든요……."

그렇게 해서 빅토리아는 X가 사는 작고 좁은 집으로 들어갔다. 이제 몸이 정말 안 좋았다. 거짓말하는 데 익숙하지 않았으니까.

X는 빅토리아에게 식탁 위로 물 한 잔을 내주고 다시 문쪽으로 갔고, 잠시 후 좀 괜찮냐고 물었다.

"하나도 안 괜찮은데요." 빅토리아가 사실대로 대답했다.

"정말 죄송해요. 정말 친절하신데, 잠깐 여기 앉지 않으시겠어요? 일사병은 아니었으면……."

X는 문 옆에 있는 의자에 앉았다.

"전 더위에 익숙하지 않아요." 빅토리아가 말을 이었다. "여기 영국 마을에서 일사병에 걸린 사람이 생겼다는 말을 들은 적 있으세요?"

"아니요." X가 경멸하듯 말했다. "하지만 생겼다고 해도 놀랍지 않을 거예요. 반나절을 일광욕으로 보내니까요."

"나머지 반나절은요?"

"파티죠. 보시게 될 거예요. 칵테일을 마시고 뒷말을 하고 쓸데없는 수다들을 떨죠. 일주일만 지나면 그 한가운데에 계실 거예요. 그 사람들한테 인정을 받으실 테니까요."

"아이고." 빅토리아가 말했다. "끔찍하게 들리네요."

X는 장바구니를 내려놓았다. 그녀는 낮은 목소리로 진지하게 이야기했다. "그래요. 끔찍하지요. 그 사람들은 버려진 집들을 하나씩 하나씩 점령해서는 뜯어고치죠. 안은 완전 새 것으로 꾸미고, 겉은 원시적이고 낭만적인 상태로 그냥 두죠. 정말 속 편하게 사는 인간들이에요! 애완견을 끌고 말벌들처럼 떼를 지어 차로 다니죠. 이집트를 덮친 구약 성경의 메뚜기들 같아요! 전 처음부터 여기 살았어요. 이십 년 동안 봤다니까요! 뭐든지 다 망가뜨리죠."

"무화과나무처럼요." 빅토리아가 말했다.

"네?"

"무화과나무요. 제 대녀인 엘리사베트가 무화과나무 이야기를 했어요. 뿌리를 아주 길게 뻗어서 담과 길, 무엇이건 다 망가뜨리지요. 다른 게 자랄 땅이 남지 않아요."

"그렇죠." X가 말했다. "다른 게 자랄 땅이 없어요. 여기가 어딘지 모르겠다니까요." 그녀는 자리에서 일어나 문 옆에서 기다렸다.

집으로 가면서 빅토리아는 완전히 아웃사이더가 되는 건 어떤 느낌일까 상상해 보았다. 오래된 고민이었다. 다른 학생들이 독점한 모든 것으로부터 배제된 학생들은 그녀에게 찾아와서 어떻게 해야 좋을지 묻곤 했었다.

정말 걱정스럽고 매우 복잡한 문제다. 빅토리아는 칼을 품은 여자에 관한 메모를 찢었다. 하지만 사건이 끝난 건 아니었고, 다만 새로운 단계에 접어들었을 뿐이었다.

다음 날 아침, 조지핀이 개들을 다 데리고 달려와서는 문에서부터 외쳤다. "교수님, 빅토리아 교수님, 그 여자 집에 가셨다면서요? 그 여자가 나에 대해서 뭐라고 하던가요?"

"아무 말도 안 했어요."

"하지만 무슨 말인가는 했겠죠."

빅토리아는 제일 작고 제일 불안해하는 강아지를 쓰다듬고는 말했다. "그냥 대단히 외로운 사람 같아요."

"그게 다라고요?" 조지핀이 외쳤다. "외롭다는 거 말고는 알아낸 게 없어요? 그 말이라면 처음에 제가 바로 할 수도 있었어요……. 그 여자가 왜 하필 나를 그렇게 미워하는지, 제가 알고 싶은 건 그거라고요!"

"자, 오설리번 씨." 빅토리아가 말했다. "진정하세요. 저는 이제 조사를 시작했을 뿐이니까요." 그래 놓고 그녀는 속으로 자신에게 화가 나서 생각했다. '조사라니. 너무 거창하지 뭐야. 추리 소설을 너무 읽었군…….' 그녀는 서둘러 말을 이어 갔다. "사람들은 오해를 하기도 하니까요. 아시죠. 시작은 별 것 아닐 수도 있지요. 실망이나 뭐……. 그런데 나중에는 일이 점점 커져서 걷잡을 수 없게 되고……."

조지핀은 흥분해서 물었다. "그 여자를 변호하시는 거예요? 저한테 하고 싶은 말씀이 뭐예요? 외롭다, 외롭다. 그게 제 탓은 아니잖아요! 전에 저한테 약속하시기를……."

"그래요. 약속했었죠. 하지만 좀 앉으세요. 위스키 좀 드시겠어요?"

"조금만 할까요." 조지핀이 화가 난 듯이 말했다. "아주 조금만요. 웨인라이트 부부에게 가야 해요."

"파티인가요?"

"그래요. 파티를 해요."

"들어 보세요." 빅토리아가 말했다. "저는 동기를 찾고 있는데, 뭔가를 발견한 것 같아요. 그 사람은 당신을 본보기나 뭐 그런 걸로 삼은 거예요……."

하지만 조지핀은 들으려 하지 않았고, 레이디 올드필드 이야기를 시작했다. 다음 목요일에 교수님을 초대하고 싶어 한다고. 지적인 모임이 될 것이고, 핵심 멤버들만 모이리라고. 영국 마을 모임을 확장하는 데 반대할 이유들이 없다고.

'X나 초대하시지.' 빅토리아가 언짢아하며 생각했다. '나는 당신들의 영국 마을하고 아무 관계도 맺고 싶지 않으니까. 확장하고 싶으면 하시라.'

갑자기 조지핀이 말을 멈추었다. 그녀는 빅토리아를 뚫어지게 바라보더니 물었다. "뭐예요. 왜 그렇게 쳐다봐요? 저를 더 이상 안 도우실 건가요?"

"그건 아니죠. 하지만 우리는 먼저 스미스 씨한테 문제가 많다는 점을 이해해야 할 거예요……."

"네, 네." 조지핀이 말을 가로막았다. "그 여자 편을 드시는군요! 그 여자는 위험하다는 걸 아셔야 해요. 그 여자 말을 믿지 마세요. 그 여자는 모든 일을 망치고 검은 것을 희게 만드는 마녀예요. 그 여자랑 만나는 일을 금지합니다."

빅토리아는 얼굴이 달아오르는 것을 느꼈고, 말을 시작하려다가 다시 그만두었다. "그래요, 그래요. 무슨 말씀을 하시려는지 알겠지만, 그 여자와 대화를 하는 건 소용없는 일이에요. 도와주고 싶으시면 경찰서에 가거나 시내에 있는 정신 병원에 가세요! 그 여자는 미쳤으니까 치료가 필요해요."

"오셜리번 씨." 빅토리아가 조심스레 말했다. "오늘은 이만하고 이 문제는 다음에 다루지요. 중요한 편지를 써야 하거든요."

　'내가 좀 무례했어.' 그녀가 생각했다. '내가 개인적으로 받아들이고 말았네. 그럴 수밖에 없었어. 그런데 이 조지핀이라는 여자는 중년도 됐을까 말까 하면서 어딜 기어올라선 내가 옳다고 생각하는 일을 금지한담? 바보 같은 짓이지. 내가 화가 날 만도 하지. 기억해야 해. 젊은 사람들과 나이 든 사람들의 차이는 대개 생각만큼 대단치 않아. 한 명은 밖에 갇혔고 한 명은 안에서 버려지지 않으려고 애쓰지. 둘 다 바람직한 건 아니야. 미쳤다고, 치료가 필요하다고 말하네. 치료가 필요한 사람이야 많지.'

　힐다에게.

　여기, 아름다운 너의 집에 오니 오래전에 스코틀랜드와 에이레[15]로 함께 갔던 여행의 추억들이 되살아난다. 골웨이 근처에서 봄꽃을 꺾어서 깡통에 꽂았던 일 기억나니? 일전에 처음 핀 봄꽃을 봤지만, 꽃들이 같이 오려고 하지 않았어.

　'아니, 별로다. 감상적이야. 대체 병은 얼마나 심한 걸까?'

　힐다에게.

　여기는 너무나 여유 있고 조화로워.

　'아니, 다시 힐다의 기억이 희미해지네. 우리는 얘기를 했어야 했는데. 이 여행들은 하나도 즐겁지 않았지만, 우리는 그

15　Éire. 아일랜드(Ireland) 사람들이 아일랜드를 부르는 다른 이름.

일에 대해 이야기하고 뭐가 문제였는지 찾아볼 수 있었는데. 그녀가 내 자유, 쾌활한 호기심을 제한했기 때문이었을까? 아니면 내가 힐다에게 부담을 주어서 어쩔 줄 모르고 징징거리게 한 걸까? 사실 정말 흥미로운 질문인데. 뒀다가 나중에 편지를 쓰는 게 낫겠다.'

빅토리아는 다시 X의 집 문을 두드렸다. 무슨 말을 해야 할지도 모르면서. X는 말없이, 무표정한 얼굴로 그녀를 들였다.

"안녕하세요." 빅토리아가 말했다. "사실 별일은 없어요. 그냥 와 보고 싶었어요."

"아, 그냥 방문이군요." X가 말했다. "그냥 안부 인사라는 거죠. 영국 마을 그룹에는 들어가셨나요?"

"아니요. 저는 외부에 있는 게 어울리는 거 같아요."

"앉으시지요. 마실 것 좀 드릴까요?"

"아니요. 오늘은 괜찮아요. 아무것도 필요 없습니다."

한동안 침묵이 흐른 후 X가 말했다. "대화는 안 해요? 한마디도요? 가엾은 은둔자를 위한 작은 위로도 없나요?"

빅토리아는 말했다. "정확한 표현은 아닌 것 같네요. 하지만 누가 말리겠어요. 어쨌건 저는 은둔자들에게 관심이 생겨요. 외로운 데는 여러 가지 방식이 있지요."

"무슨 말씀인지 알겠어요." X가 말했다. "무슨 말을 하시려는지 다 알겠어요. 서로 다른 종류의 외로움들이죠. 강제된 경우와 자발적 경우 말이에요."

빅토리아가 대답했다. "바로 그거예요. 하지만 이 문제를 더 파고들 필요는 없을 것 같아요. 하지만, 말 안 해도 다 이해한다면 별로 할 말이 없잖아요. 그렇지 않아요? 저는 그런 경험이 있어요. 자주는 아니지만 한두 번쯤요. 기분 좋은 일이에요. 즐거운 침묵이죠."

집주인은 테이블 위의 등을 켰다. 빅토리아는 스스로에게 물었다. '내가 지금 대체 뭘 하고 있는 거지? 조지핀과의 의리를 깨는 건 아닌가? 단지 나는 시작한 일을 계속하고 그녀를 도와주기 위해서 상황을 알아보고 이해하려 할 뿐이지.'

"한 가지만 묻겠어요." X가 말했다. "당신은 호기심이 많은 사람인가요?"

"네, 그렇게 말할 수 있을 거예요. 아니 관심이 많은 사람이라고 하는 게 더 맞아요."

"저한테 관심이 있어요?"

"그래요. 무엇에건 관심이 있죠."

"제가 위험하다고 생각하시나요?"

"아니요. 별로 그런 것 같지는 않아요." 빅토리아는 잠시 말을 멈추었다가, 좀 조급하게 다시 말했다. "전에 누가 저에게 압력솥을 준 적이 있어요. 죽 같은 걸 끓이기 위한 거죠. 위험한 물건이었는데 결국은 폭발했어요. 내부 압력이 너무 컸거든요."

"그렇겠지요." X가 말했다. "그건 구조를 잘 모르는 기기라면 손을 떼는 게 낫다는 증거지요. 그래서 그걸 어떻게 했나요?"

"어쩌겠어요, 고장이 났는데. 좋은 물건이었는데 아까운 일이죠."

"또 시작이네요." X가 말했다. "오페라예요. 할 일이 그거밖에 없나 봐요. 전 오페라는 지겨운데."

옆집에서 들리는 음악 소리는 생각보다 또렷했다.

"오페라 좋아하세요?"

"특별히 좋아하지는 않아요." 빅토리아가 말했다. "제가 제일 좋아하는 건 뉴올리언스, 클래식 재즈예요. 제가 퇴직했을 때 학생들에게서 스테레오를 받았지요. 아주 아끼는 물건이에요." 빅토리아는 담배를 꺼내고는 호기심 가득한 표정으로 X를 바라보았다.

"좋으실 대로 하세요." 집주인이 약간 성마르게 말했다. 침묵이 흘렀다.

결국 X가 다시 입을 열었다. "왜 저를 찾아오신 건지 스스로 알기는 하세요?"

빅토리아는 대답하지 않았다.

"선생님은 솔직하신 분 같아요. 자연스럽게 행동하시는 게 어렵지 않죠. 하지만 잘못 오셨으니 조심하셔야 해요. 여기는 선생님 같은 분에게는 위험한 곳이에요."

"그 말은 제가 남의 영향을 쉽게 받는다는 말씀이죠?" 빅토리아가 천천히 말했다.

"말하자면 그런 거죠."

"그리고 주장을 펴고 결정을 하지 못한다는 거죠?"

"매우 지혜로우시군요." X가 말했다.

빅토리아는 한숨을 쉬었고, 담배를 눌러 끄고 일어섰다.

"생각을 좀 해 봐야겠어요." 그녀가 말했다. "여기 올 때는 계단이 어마어마해요. 하지만 내려갈 땐 아무것도 아니죠."

어둑어둑해지기 시작했다. 빅토리아는 마을의 마지막 능선을 표시하는 낮은 담이 있는 곳까지 걸어 내려갔다. 거기에서도 바람 없는 저녁의 아름다운 푸른 연기가 산 그림자를 타고 올라오고 있었다. 그녀 고향에서 봄에 하듯이 마찬가지로 여기 사람들도 낙엽과 마른 가지를 태우고 있었다.

'그래, 조심해야지. 나는 무엇을 하고자 하는지, 내가 돌봐 주려는 사람이 대체 누구인지 알아야 해. 그 여자 말이 맞았지. 집에 가서 스페인어나 공부해야겠다. '실례합니다. 세탁물이 있는데 도움을 받으려면 어디로 가야 할까요?'라는 말은 어떻게 하지?'

어느 저녁에 빅토리아는 안 가 보던 방향으로 길을 잡고 마음 내키는 대로 가 보았다. 길이 점점 좁아지더니 올리브나무가 자라고 있는 돌 많은 풍경이 나타났다. 정말 오래된 고목이었고, 말라 죽은 나뭇가지가 그냥 달려 있었다. 올리브나무 아래에서는 양 떼가 풀을 뜯었다. 누런 등이 나란히 보였고, 속박된 희생자의 자세로 고개를 숙이고 있었다. 발에 비닐봉지가 걸려서 둘러보니 사람이 사는 곳이라면 아무리 낙원이라도 주변에 필연적으로 생겨나는 쓰레기장을 막을 수 없었다. 이유도 없이 우울해졌다. 바로 그 순간 지는 해가 산과 산 사이의 틈으로 잠깐 비추어, 저물녘의 경치가 순간 달라지고 곧 다른 모습이 드러났다. 불타는 안개가 나무와 풀 뜯는 양을 모두 품었고, 한순간 성경에나 나올 법한 힘과 신비를 품은 아름다운 경치가 펼쳐졌다. 빅토리아는 이렇게 아름다운 모습을 본 적이 없다는 생각이 들었다. 그리고 어떤 무대 장치가가 한 설명이 떠올랐다. "제가 하는 일은 빛으로 그림을 그리는 겁니다. 그뿐이죠. 적절한 순간에 적절한 빛." 해가 질 때까지 여유가 없었기에, 빅토리아는 빛깔이 희미해지기 전에 천천히 발길을 집으로 돌렸다.

힐다에게.

그냥 여기가 너무 좋아서 인사라도 전하고 싶어. 네가 사는 스페인의 경치는 내가 기대하고 상상한 이상이고, 이렇게 자주, 이렇게 힘이 넘치는 꿈을 꾸리라곤 아무도 생각하지 못했을 거야. 네 건강이 다시 좋아지면 우리가 여기서 한동안 함께 지낼 수 없을까?

우리가 함께한 여행들이 꼭 그렇게 되었어야 했나 하는 생각이 들어. 거의 다 내 탓이지. 모든 걸 다 붙들고, 내가 했던 것처럼 여기저기를 다 가 보고 돌아다닐 필요는 없지. 이제는 알겠어.

한곳에 있으면서도 주위를 돌아볼 수 있지. 그러다 보면 정말로 볼 수 있고, 또 다르게 보며 그에 대해 이야기할 수도 있고. 아니면 그냥 무엇인가에 대해 이야기할 수도 있고, 갈 방향을 짚어 볼 수도 있지. 하지만 젊을 때는 너무 급하기만 했어. 안 그래?

같이 다시 노력해 보자. 그게 좋겠지?

큰 포옹을 보내며 빅토리아

일요일 아침이었고, 빅토리아는 교회 종소리를 들으며 잠에서 깨었다. 나오라고 멀리서 부르는 소리 같았다. 그 또한 훌륭하고 유익한 생각일 수도 있겠다고 생각했다. 한 번쯤은. 하지만 구두를 신는데 구석에 등산화가 보였고, 그래서 마음을 바꾸었다. 너무나 아름다운 아침이었다. 게다가 마을로 내려가는 큰길이 어디서 끝나는지 아직도 가 보지 않은 건 모험심 부족이다. 교회는 흐린 날 가도 되지. 그래서 빅토리아는 등산화를 신고 가방에 과일 주스, 담배,『여행자용 가이드: 자주 쓰는 표현들』을 챙겼다. 걷다가 피곤하면 오렌지나무 그늘에 누워 책을 읽을 수도 있으니까.

아직은 선선한, 아름다운 아침이었다. 길 양쪽으로 커다란 나무들이 자라고 있었고, 오렌지와 레몬이 달린 가지가 땅까지 늘어졌다. 완전한 낙원이었지만 울타리로 막혀 있었다.

나무 사이에 움직이는 사람이라고는 없이 풀이 높이 자라는, 사람의 발이 닿지 않은 곳이었다. 문 앞까지 갔더니 잠겨 있었다. '조금만 기운을 쓰면 울타리 사이로 들어갈 수 있을 텐데.' 빅토리아는 생각했다. '나뭇가지 밑으로 휘리릭 기어 들어갈 수 있을 거야. 초록빛 동굴 속으로 들어가서 온 세상으로부터 도피하고, 간간이 오렌지를 딸 수 있겠지. 껍질은 당연히 주머니에 넣고…….'

저 멀리 마을 쪽에서 검은 옷을 입은 여자가 왔다. X였다.

"안녕하세요!" 빅토리아가 외쳤다. "시내에 내려가시나요? 같이 갈까요?"

X는 잠시 멈추었다. "아니요. 오늘은 됐어요."

"생각을 많이 했어요." 빅토리아가 말을 시작했지만 X는 등을 돌리고 계곡 아래쪽으로 계속 걸어갔다. 마치 검은 까마귀 한 마리가 햇빛을 스치고 가는 것 같았다. 빅토리아는 마음이 상했다. 어쨌건 둘은 깊은 대화를 나누었고, X가 분명 유리한 위치에 있었다. 그러니 좀 더 친절했어도 될 텐데.

'여자애들은 학교에 들어오는 순간부터 벌써 더 까다롭지.' 빅토리아가 생각했다. '남자애들은 훨씬 쉬운데. 파악이 되니까.' 그녀는 길가에 앉아 주스병과 『여행자용 가이드: 자주 쓰는 표현들』을 꺼내고 집으로 돌아갈 길을 생각하기 시작했다. 온통 오르막길이었다. 슬슬 너무 더워졌다. 여기는 얼음처럼 춥거나 아니면 너무 덥다.

그때 차 한 대가 마을에서 올라오더니 멈추어 서서 빵빵거렸다. 문이 열리더니 조지핀이 개들과 함께 나왔다. 그녀는 잠시 휘청거리더니 웃으면서 길가에 앉았다. 차 안에서 어떤 사람이 불렀다. "빅토리아 부인! 같이 파티에 가요! 카니발이에요! 벌써 시작했을지도 모르니까 서두르세요!"

유난히 붉어 보이는 머리를 양쪽으로 땋은 조지핀의 얼굴은 더 작아 보였다. 이마에 리본을 묶고 목에는 유리구슬을 건 조지핀은, 빅토리아가 보기에는 인디언으로 꾸민 것 같았다. 허리띠에는 칼을 차고 있었다. 그녀는 외쳤다. "교수님을 체포합니다!"

빅토리아는 일어나서 진짜 카니발을 하는 거냐고 물었다.

"일 년 중 제일 큰 카니발이죠." 조지핀이 설명했다. "모두가 자기 하고 싶은 대로 하고 뭣에도 신경 안 쓰는 거죠. 모두 자유로운 거예요. 자유! 서두르세요. 시간이 없어요! 댁의 문 앞에서 경적을 울렸지만 안 계시더군요……. 이쪽은 메이블, 엘런, 재키예요. 이제 파티에 가야 하니까 한 모금 드세요!"

또 위스키였다. 내려가는 길을 무서운 속도로 달렸다. 조지핀의 친구들 중 한 사람이 노래를 시작했다. 빅토리아는 걱정스레 X가 어디에 있는지 찾아보았다. 자신이 조지핀과 함께 영국 마을 사람들 한가운데 있는 모습을 X가 보아서 좋을 일은 없다. 적진으로 넘어간 게 되니까……. 그녀는 밖에서 안 보이게 몸을 웅크리고 씁쓸해하며 생각했다. '적진으로 넘어가다니 무슨 말인가? 어느 쪽으로 넘어갔다는 거지? 조지핀이 내가 X와 함께 길을 걷는 걸 보았다면 나를 뭐라고 생각했을까? 그리고 남들이 뭐라고 생각하고 믿는 게 그렇게 중요하기나 한가…….'

마을에 내려가니 음악 소리가 이들을 맞았다.

"빅토리아, 조금만 더 드세요." 영국 마을 사람 한 명이 말했다.

"아니, 괜찮아요. 지금은 됐어요."

이들은 차에서 내려 좁은 길에 몰려든 사람들 사이를 천천히 헤치며 걸어갔다. 조지핀은 빅토리아의 팔을 붙잡고 웃으면서 외쳤다. "비켜요! 비켜요! 진짜 교수님을 체포했어요!"

정말 난감했다.

곳곳에 풍선이 떠 있고 외치고 웃는 소리가 들렸다. 아빠 무등을 타고 인파 사이를 돌아다니는 어린아이들에, 큰 소리를 내며 지나가는 연노랑색 가발을 쓴 천사, 뿔이 달린 꼬마 악마와 조로……. 광장에서 색종이 조각이 무더기로 날아올랐다.

"오설리번 씨. 부탁이에요." 빅토리아가 부탁했다. "그만해 주세요. 저는 더 가까이 안 가도 돼요." 그렇지만 그녀는 올리브나무 가지와 꽃이 쏟아지는 파티 한가운데, 온갖 색상과 율동의 이상한 행렬까지 밀려 나갔다. 춤을 추는 사람들 중에는 가면을 쓴 사람이 많았다. 조소, 황홀감, 엄청난 고통을 보여 주는 무시무시한 얼굴이었다. 빅토리아에게 이들의 움직임은 통제를 벗어난 것처럼, 이들의 색상은 눈에 자극을 주려고 선택된 듯 보였다. 이번에는 가장을 한 어린이들이 다닥다닥 붙어 서서 말없이 다가왔다. 진지하고 작은 소녀가 빅토리아의 눈에 뜨였고, 누구인지 알아봤다는 기쁨에 빅토리아는 혼잣말을 했다. '벨라스케스의 그림에 나왔던 마르가리타 공주네. 참 예쁘기도 하지.' 종교 재판 행렬이 지나가고, "가장 아름다운 여인"이 미모사와 아몬드꽃으로 만든 아치 아래 서서 뒤따랐다. 빅토리아는 그녀가 겁먹은 듯이 보인다고 생각했다. 그다음에는 죽음의 숲에서 나온 유령들이 지나가고, 위스키병들이 걸어 나왔다. 빅토리아는 주위를 둘러보고 조지핀에게 미소를 보내려고 했지만, 조지핀은 보이지 않았다.

'힐다에게 이 일들을 다 들려줘야겠다. 오늘 저녁에 바로 써야겠어. 그럼 힐다가 좀 기분 전환이 되겠지. 봐. 이렇게 많은 사람들이 자신의 꿈을 체험해 보고, 변장을 하고, 심지어 누군가 다른 사람이 되는 거지……. 굉장해. 왜 우리 나라에는 카니발이 없을까? 분명히 필요할 텐데. 여기 용감하고 기사적인 로빈 후드가 되는 걸 꿈꾸는 여자들이 있네! 모자에 단 긴 깃털 좀 봐! 그리고 저기서는 들뜬 남자가 여자가 되는 꿈을 꾸며 춤을 춘다. 저 엄청난 가슴 좀 봐!'

음악은 점점 격렬해졌다. 투우사와 소가 나와서 열정적인 게임을 했고, 사람들은 큰 소리로 외치며 서로 밀었다. 정말 대단한 파티였다.

이들이 타고 온 차는 앞으로 나아갔다. 자동차의 앞, 다른 차가 없는 빈자리에서 X가 춤을 추었다. 자동차와 똑같은 검은색이었다. X는 번쩍이는 긴 칼을 공중에 휘둘렀다. 정확하게는 부엌칼이었다. 음악은 에스파냐 카니[16]로 바뀌었다. 그 다음으로 빅토리아가 본 것은 조지핀도 역시 손에 칼을 들고 길로 달려가는 모습이었다. "조지핀!" 그녀가 외쳤다. "그만해요! 돌아와요!"

두 여자는 자동차 앞에 마주 서서 빙빙 돌았다. 이들은 서로에게 달려들었다가 다시 후퇴했고, 구경하던 사람들은 브라보를 외치고 음악에 맞추어 손뼉을 쳤다. 빅토리아는 다시 외쳤다. "그만두어요! 페리콜로소![17] 위험하다고요!" 하지만 아무도 그녀에게 신경을 쓰지 않았다. 두 여자는 발을 구르고,

---

16 Espana Cani. 에스파냐의 유명한 무곡.

17 "위험하다."라는 뜻.

서로에게 다가가고, 가까이서 빙빙 돌다가 다시 춤을 추며 비켰다. 구경하던 사람들의 관심은 이제 이들의 춤에 집중되었다. 조지핀은 서 있기가 힘들었다. 빅토리아 뒤에서 누군가가 이들의 발 구르는 방식이 틀렸다고, 저 사람들은 진짜 스페인 사람들이 아니라고 했다. 빅토리아는 돌아서서 외쳤다. "바보 같으니! 조용히 하세요. 이게 무슨 일인지 이해도 못 하면서. 이건 생사가 걸린 일이라고요." 행렬은 천천히 계속되었고, 빅토리아는 나아갔다. 실례한다는 말 한마디 없이 앞으로 밀며 따라갔다. 그녀가 보니 조지핀이 휘청거리며 떨어뜨린 칼을 X가 주워 돌려주었고, 둘은 뒷마당의 고양이들처럼 계속해서 서로를 맴돌았다. 조지핀의 개들은 이리 뛰고 저리 뛰며 최대한 X에게 다가갔고, 미친 듯이 짖어 댔다. 음악은 이어졌다. 하지만 행렬은 느려지고 멈추었다. 조지핀은 자동차의 냉각 장치 쪽으로 휘청거리더니 두 손으로 잡고 매달렸다. X는 천천히 그쪽으로 갔고, 빅토리아는 소리를 질렀다. "멈춰요!" 칼은 빠른 속도로 공중을 날았고, X는 한두 번의 칼질로 조지핀의 붉은 머리를 잘라 버렸다. 그녀는 땋은 머리채를 경멸하듯이 길에 내던지더니 갈 길을 갔다. 사람들은 물러나서 그녀에게 길을 터 주었다. 이 모든 일이 너무나 빨리 벌어졌다. 음악은 「네버 온 어 선데이」로 바뀌었고, 밀집한 인파에 둘러싸인 빅토리아는 갑자기 집에 가고 싶어졌다. 간신히 광장을 벗어나 인적 없는 골목으로 나올 수 있었고, 다리를 쉬려고 카페에 앉았다. 어떤 남자가 다가오더니 말했다. "실례합니다. 저는 미국 사람이에요. 아까 저 보고 바보 같다고 하셨지요."

"실제로 바보지요." 빅토리아가 지쳐서 대답했다. "사람들이 발을 구른다면, 그게 스페인식인지 아닌지는 아무 차이가 없죠. 사람들은 화가 났기 때문에 발을 구르는 거예요. 어디 가면 택시를 탈 수 있을까요?"

"제 차가 저 모퉁이에 있어요." 그 남자가 말했다. "저는 텍사스 휴스턴에서 왔어요."

마을로 올라가는 내내 그는 자신의 가족과 직업 이야기를 했다. 둘은 서로 주소를 교환하고 엽서를 보내기로 했다.

서늘한 암흑 속 침대에 몸을 뻗은 빅토리아는 그날 일어난 일들을 치우침 없이 판단해 보려고 했다. 복수극은 연극으로 말하자면 분명히 결말이 났다. 그리고 빅토리아는 생각했다. '이제 뭐, 조지핀이 머리 모양을 바꿔야 한다는 것 외에 심각한 일은 없는 거지. 그리고 X는 지금까지보다도 더 미움을 받고 고립될 거야. X가 진 거지. 행동도 잘못했고. 나는 공정하도록 노력해야겠다. 진 쪽의 편을 들어 주는 게 자연스럽긴 하지만, 동정이 공정함과 무슨 상관이람……. 내가 도와주기로 한 건 조지핀이다. 하지만 X에게 관심이 더 가긴 해. 나는 객관적이지 않구나.'

학생들을 중재하는 것과 비슷한 어려움이 있었다. 내가 어느 편인지를 그들이 얼마나 중시했는지! 그들은 세상 모든 것을 흑백 논리로 나눔으로써 때때로 나를 절망하게 했다……. 세상에 절대적인 것, 절대로 포기할 수 없는 무엇이 있을까? 어떻게 보면 모든 것이 나름 옳고 이해가 되는데, 그렇게 말하면 결정하지 못하고 져 주는 게 되고, 어떻게든 너그럽게 굴려고 한다는 말을 듣는다……. 그래도 학생들을 초대했던 건 한 가지 시도였다. 처음에는 좀 서투르고 어색했지만, 그래도 그들이 감히 뚫고 들어갈 수 없을 만큼 경색된 작은 모임에서 잠시라도 벗어나 상대를 교양 있고 친절하게 대하며 귀를 기울이고, 조금 더 서로를 이해하게 하기 위한 시도였다. 한번 더 시도해 볼 수도 있을 텐데. 영국 마을을 위한 파티? 아니다. 조지핀과 X만을 위해서.

전보는 늦저녁에 왔다. "어머니 아침에 별세. 그냥 잠드셨지만 기분이 이상해요. 걱정 마세요. 지붕이 새면 호세에게. 걱정 마세요. 엘리사베트." 빅토리아는 잠시 거기 가서 도와주어야겠다는 생각을 했다. 하지만 아마 아직은 아니고……. 그녀는 테이블에 앉아 전보를 읽고 또 읽었다. 이 지붕 이야기는 뭔가? 왜 갑자기 지붕이 샌다는 걸까. 이상도 하지…… 잠시 후 그녀는 테라스로 올라가서 물을 몇 양동이 부어 보았다. 전혀 새지 않았다.

그런데 갑자기, 그럴 줄 몰랐는데 격하게, 가 버린 어린 시절의 친구, 까다롭게 굴지 않는 일이 얼마나 쉬운지 끝까지 이해하지 못한 힐다의 죽음이 슬퍼지기 시작했다.

'그 징그러운 오징어를 내버려야지! 고양이들의 우유 접시도 들여와야겠다. 이 고양이들, 여기 이 스페인 고양이들은 우유를 안 마셔. 어휴, 여긴 고양이들마저도 정상이 아니다.'

그날 저녁 빅토리아는 카페에 가서 쿠바 리브레를 주문하고는 호세에게 야생 고양이들은 목이 마르면 어떻게 하느냐고 물었다.

호세는 소리 내서 웃더니 말했다. "이슬을 핥지요."

잠들기 전, 빅토리아는 독립적인 스페인 고양이가 되어 해 뜰 녘에 적당한 레이디스맨틀을 찾는 (이 나라에 레이디스맨틀이 자라는 경우에!) 즐거운 상상을 했다.[18]

---

18 레이디스맨틀(lady's mantle)은 뒤집어진 우산 모양의 잎을 지닌 식물로, 이슬

빅토리아는 파티 초대장을 썼다. 공식적인 표현을 사용하고 글씨를 예쁘게 적기 위해 공을 많이 들였다. 식사 장소는 마을의 유일한 식당인 호세의 식당으로 정했다. 식당은 카페의 뒤편, 골짜기를 내려다볼 수 있는 테라스에 있었다. 지나가는 여름 관광객들에게는 딱 좋은 위치였다. 빅토리아는 이 정도면 괜찮겠다고 생각하고는 호세와 이 문제를 의논하러 갔다. 카페에는 사람이 거의 없었다. 그녀는 호세와 카탈리나에게 인사를 하고, 아주 중요한 개인적인 문제 때문에 조언이 필요한데 함께 한잔하겠느냐고 물었다. 카탈리나는 미소를 짓고는 괜찮다고, 시간이 없다고 사양했지만 호세는 쿠바 리브레 두 잔을 테라스로 나가는 유리문 앞, 제일 멀리 있는 테이블로 가져왔다. 빅토리아는 바로 본론으로 들어갔다.

"손님 두 명과 함께 저녁 식사를 하려고 계획하고 있는데, 아주 훌륭한 식사가 되었으면 해요. 그래서 음식에 관한 호세의 경험을 믿고 메뉴에 대해 이야기하고 싶어요. 메인 요리로는 어린 양고기가 좋겠지요?"

"그래야죠." 호세가 큰 관심을 보이며 대답했다. "코데로 콘 기산테스[19]가 좋겠어요."

"훌륭하게 들리는데요." 빅토리아가 말하며 다 안다는 듯이 고개를 끄덕였다. "그리고 전채는, 그러니까 엔트레메세스는요?"

"감바스 프리타스는 어때요?"

'감바스'가 새우라는 걸 알고 있었던 빅토리아는 거절하

을 잘 받아 낸다.

19 완두콩과 함께 요리한 양고기.

는 손짓을 했다. 고향에서도 정찬에는 늘 새우가 나왔으니까.

그녀는 말했다. "좀 더, 음, 이국적인 것도 가능할까요?"

"에리소 나투랄레스(자연 성게)는 어때요?"

"글쎄요. 경우에 따라 다르겠지요." 번역해 달라고 부탁하고 싶지 않았던 빅토리아가 애매하게 말했다. "그리고 식탁에는 미모사를 놓아 주세요. 아몬드꽃은 말고요. 아몬드가 아깝잖아요. 그리고 포도주는 어떻게 할까요?"

"프리빌레히오 델 레이죠." 호세가 생각해 보지도 않고 말했다. "당연히 프리빌레히오 델 레이로 해야지요. 시음해 보시겠어요? 정말 유명한 포도주예요."

"물론 좋지요."

호세는 커다란 잔 두 개를 들고 돌아왔고, 빅토리아는 포도주를 맛보았다. 그녀는 만족스럽게 고개를 끄덕이고 빈티지를 물었다. 둘은 심각한 토론을 계속했다. 마을 사람들은 무슨 일이 벌어지는지 자세히 관찰했다. 무언가 정말 중요한 일이라는 점이 눈에 보였다.

호세가 물었다. "엔살라다 베르데 메스클라다[20]로 할까요, 아니면 찰로타스 이 레몰라차스[21]로 할까요?"

"당연 엔살라다 베르데죠."

"당연하죠." 호세가 잘 생각했다는 듯이 찬성했다.

"그리고 치즈요." 빅토리아가 말했다.

"치즈만 하실 건가요? 디저트는 없이요?"

"치즈만 하는 게 더 품격 있을 것 같은데요. 그리고 그다

20 푸른 채소로 만든 샐러드.
21 양파와 비트.

음에는 커피를 내고요."

호세는 양손을 들어 올렸다. "이보세요, 교수님. 그건 말도 안 돼요. 진짜 격식을 갖춘 만찬에는 후식이 있어야죠! 크레마 데 카페 돌로레스 이아네스, 파스텔 인판타, 플라타노스 알 라 카나리아, 아모르 프리오……."

"그렇게 중요한 거예요?" 빅토리아가 놀라서 물었다. "마지막에 뭐라고요?"

"아모르 프리오요."

"차가운 사랑, 뭐 이런 뜻 아니에요?"

"대략 그렇죠."

"그럼 그게 좋겠네요." 빅토리아가 말하고 웃었다. "그리고 중요한 게 하나 더 있어요. 오렌지를 큰 그릇에 담아서 식탁 위에다 놓아 주세요. 잎까지 달린 채로요." 그녀는 호세가 그 아이디어를 별로 탐탁해하지 않음을 알 수 있었다. 그는 갑자기 맥이 빠져 보였다. 그녀는 초대장을 꺼내 보이며 혹시 전달해 줄 수 없는지 물었다. 우편으로 보내는 것보다 그러는 편이 더 예의에 맞을 것 같았다.

회의는 이렇게 끝났다.

다음 날, 사회성이라고는 없는 교수가 호세의 식당에서 대단한 만찬을 연다는 소문이 퍼졌다. 오렌지 이야기는 상당한 웃음거리가 되었고, 손님의 조합도 모두의 이야깃거리가 되었다. 알려지기로는 초대를 거절한 사람은 없었다. 그림이 완전히 바뀌었다는 게 누구에게나 분명했고, 이 사실은 새로운 각도에서 판단해야 할 일이었다. 물론 가장 중요한 점은 빅토리아의 만찬이 어떻게 끝나는가였다.

결전의 날 저녁은 아름답고 따뜻했다. 빅토리아는 옷차림에 아주 신경을 썼다. 진주는 손님들을 위한 것이었지만 친칠라는 영국 마을 사람들에게 보여 주기 위한 것이었다. 카페는 마을 사람들로 가득했지만, 테라스에는 아무도 없었다. 영국 마을 사람들은 호기심을 겉으로 드러내지 않으려고 애를 썼다.

두 손님은 각자 자기 방향에서 제시간에 나타났다. 조지핀은 개들을 데려오지 않았다. 빅토리아는 일어서서 이들을 맞았고, 호세는 흰 앞치마를 두르고 나와 프리빌레히오 델 레이를 내왔다.

"와 주셔서 감사해요." 빅토리아가 말했다. "두 분을 위해 건배하고 싶어요. 아주 진취적이고 용감한 분들이시니까요. 봄을, 시작을 위해서 건배해요."

조지핀은 마을 미용실에 다녀왔고, 어마어마한 붉은 머리 다발을 이고 있었다.

"정말 친절하시네요." 그녀가 말했다. "정말 친절하세요."

빅토리아의 손님들은 온통 경계심에 차 있었고, 마치 시험장에 나온 사람들 같았다.

빅토리아는 팔로 아름다운 풍경, 꽃이 피는 골짜기를 다 끌어오며 말했다. "아세요? 옛날에, 제가 학생들과 있었을 때는 나중에 돈이 생기면 여행을 하고 싶어 하는 사람들이 많았었지요. 어쩌면 여기 같은 곳으로요. 제일 가고 싶은 곳이 어디인지 자주 이야기했고, 세계 지도를 앞에 놓고 말했었지요. 즐거운 일이었어요." 빅토리아는 X를 향해서 어쩌다가 여기 이 마을로 오게 되었는지 물었다.

X는 어깨를 약간 으쓱하더니 말했다. "나이 든 친척을 아주 오랫동안 돌봤지요. 그분이 돌아가셨을 때 집을 물려받았어요."

"가끔씩 고향 생각이 나시나요?"

"아니요. 하지만 가끔 풀밭 생각이 나죠."

"맞아요, 풀밭요." 빅토리아가 열심히 거들었다. "초지요. 여기는 풀밭에 들어갈 수가 없어요. 풀밭은 오렌지나무 거예요. 물론 산을 올라가면 되긴 하죠. 거긴 울타리가 없으니까요."

"거긴 돌뿐이죠." 조지핀이 말했다. "가 봤어요……." 호세가 테라스로 나와 음식을 내기 시작하자 그녀는 말을 멈추었지만, 그가 떠나자 급하게 말했다. "돌뿐이라고요. 그리고 집 안은 어둡고요. 늘 어두워요."

"그렇지요." 빅토리아가 말했다. "하지만 그럼 그냥 문밖으로 나가면 되잖아요? 그렇지 않아요?"

손님들은 대답하지 않았다. 꽤 오랫동안 침묵이 흘렀다. X는 음식에 집중했지만, 조지핀은 그저 깨작거리고 있었다.

빅토리아는 새로운 시도를 시작했다. 그녀는 학생들, 자신의 어리숙함, 그리고 학생들이 어떻게 늘 도와주었는지에 관한 재미있는 이야기를 해 보았다. 조지핀이 난로에 불을 붙여 준 것과 똑같이, 그리고 자신이 지치고 몸이 안 좋았을 때 스미스 씨가 집에서 쉬게 해 준 것과 똑같이…….

"그때 몸이 안 좋으신 게 아니었죠." X가 말을 잘랐고, 차분하고 자신감 있게 말했다. "상태는 아주 좋았잖아요. 저 여자를 위해 올라와서 냄새를 맡으셨을 뿐이죠."

빅토리아는 가볍게 대답했다. "사실 맞아요, 스미스 씨. 제 행동이 옳지 않았어요. 하지만 그건 그거고, 사람을 죽이겠다고 협박하고 집안일을 돌봐 주는 사람에게 인상을 쓰는 게 옳은 일인가요?"

조지핀은 웃더니 그제야 음식을 먹기 시작했다.

"그리고 오설리번 씨." 공평하게 하기 위해 빅토리아가 말을 계속했다. "당신은 레코드라고는 오페라밖에 없나요?"

"없어요." 조지핀이 기분이 상해서 말했다.

호세가 다시 나타나서 주위를 왔다 갔다 하면서 다 괜찮냐고 물었다. "고맙습니다. 다 최고예요." 빅토리아가 대답했다. "이 훌륭한 포도주를 한 병 더 주시겠어요?" 그는 인사를 하고는 갔다. 포도주가 들어왔다.

빅토리아는 골짜기를 내려다보며 말했다. "정말 고요하네요."

"고요라고요." X가 말했다. "고요한 거 정말 좋아하시죠. 맞죠? 그리고 말을 안 하는 게 편하면 달리 말할 필요도 없는 거 아니에요? 그런 말씀 아니었나요?"

빅토리아는 얼굴이 붉어져서 뻣뻣하게 말했다. "무슨 말이건 비틀어서 전하면 그 의미를 잃죠."

조지핀은 뭔가 할 말이 많다는 듯한 눈빛으로 빅토리아를 바라보았고, 씁쓸하게 미소를 짓더니 어깨를 으쓱했다.

식사는 이어졌다.

열매 하나마다 푸른 잎이 달린 오렌지는 아주 예쁜 테이블 장식이 되었다. 빅토리아는 그중 하나를 들고 호세가 정말 애를 써 주었다고 말했다.

"좀 억지스럽지요." X가 말했다. "우리가 관광객이라고 생각했나 봐요? 여기는 오렌지 먹는 사람이 없는데."

빅토리아가 말했다. "그건 호세의 아이디어가 아니고 제 아이디어였어요. 오렌지는 장식물, 상징으로 받아들여야 해요."

"무엇의 상징으로요?"

"꿈의 상징일 수도 있겠지요. 에덴동산에 있던 나무, 손에 넣을 수 없는 무엇의 상징일 수도 있어요. 저는 오렌지를 정말로 믿어요."

"무슨 말인지 알겠어요." 조지핀이 외쳤다. "테이블에 오렌지를 놓는 게 문제는 아니죠. 러시아에서는 사과를 써요. 저는 빅토리아가 무슨 말을 하려는지 알겠어요. 빅토리아는 특별한 사람이라는 거지요."

"오죽하겠어요." X가 딱딱하게 말했다.

테라스 아래쪽으로 난 길에 아이들이 몇 명 서 있었다. 아이들은 손가락질을 하며 스페인어로 뭐라고 외쳐 댔다.

"뭐라는 거예요?" 빅토리아가 물었다.

X는 조지핀을 쳐다보며 세세하게 설명을 했다. "저기 카니발 때 야단법석을 벌인 아줌마가 앉아 있다고 하네요. 자동차에 있던 그 여자요."

"제가 아니라 저 여자 얘기예요!" 조지핀이 외쳤다. "난리를 친 건 저 여자잖아요. 안 그래요? 빅토리아, 벌어진 일을 다 봤잖아요!"

빅토리아는 갑자기 "여러분, 여러분." 하고 말리고 싶은 마음이 들었지만 참았고, 호세가 나와서 스페인어를 격렬히 쏟아부으며 아이들을 쫓았다.

해가 산 뒤로 사라지자 바로 저녁이 되어 냉기가 돌았다. 빅토리아는 갑자기 지쳐서 이렇게 말했다. "여러분, 저한테 카니발은 정말 환상적인 행사였어요. 제 생각에도 그런 들뜬 행사에서라면 누구라도 정신이 나가서 경솔하게 행동할 수 있을 것 같아요. 저도 이제 와서는 기억하기도 싫을 만큼 자주 자제력을 잃었어요. 하지만 저는 지나간 다음에는 그런 일을 잊어버리려고 하고, 다른 사람들도 그러기를 바라요." 그녀는 호세에게 손짓을 했고, 호세는 새로 포도주 한 병을 가지고 왔다. 그녀는 말했다. "아주 좋은 포도주예요. 이런 건 차분하게 생각하는 분위기에서 마셔야죠. 여러분, 무엇을 위해 건배를 할까요?"

"빅토리아, 당신을 위해서요." 조지핀이 외쳤다. "정의를 위해서요! 정의는 언제나 반칙을 이기죠." 사실대로 말하자면, 조지핀은 이미 집에서 나오기 전에 몇 잔을 마시고 온 것이었다.

"그리고 저기 계신 분의 새로운 머리 모양을 어떻게 생각하세요?" 잔을 들지 않은 채로 X가 말했다.

빅토리아는 질문을 바꾸었다. "조지핀의 머리 모양을 어떻게 생각하느냐고요? 젊어 보인다고 생각하는데요."

그녀는 이제 꽤 피곤했고, 모임에 대한 책임을 손님들에게 넘기기로 작정했다. 그녀는 잠시 실례하겠다고 하고 자리를 떠서 화장실로 갔다. 창을 통해 내다본 풍경 역시 마찬가지로 아름다웠지만, 그녀는 별로 자세히 바라보지는 않았다. '둘만을 버려두는 건 좀 잔인했지. 그냥 거기 있을 수도 있었는데. 이제 둘이 거기 말없이 앉아 있구나. 난 실패했어. 나는 사람들이 자기 문제를 스스로 해결하도록 내버려 두는 걸 익혔어야 했는데. 그런데 무슨 양치기 개처럼 양들을 다 모으고 질서를 좀 잡아 보려고 다리가 빠지도록 뛰어다니는구나.' 재미 있는 발상이었다. 그녀는 커피와 함께 코냑을 마시기로 했다.

돌아가느라고 카페를 지나니 호세가 나와서 공범자처럼 속삭였다. "어떻게 되고 있어요?"

"잘될 거예요." 빅토리아가 대답했다. "괜찮아요. 식사, 포도주, 장식, 다 완벽해요. 커피와 함께 코냑을 좀 할까 해요."

손님들은 꼿꼿이 앉아 있었다. 분명 뭔가를 토론한 것 같았다.

"빅토리아." 온통 긴장한 조지핀이 숨 가쁘게 말했다. "우리는 이렇게 생각했어요."

"감사 인사부터 해요." X가 끼어들었다.

"맞아요. 이렇게 다정하고 관대하게 대해 주셔서 감사해요. 아주 훌륭한 식사였어요. 하나하나 꼼꼼하게 준비해서……."

"잠깐만요." X가 말했다. "집중 좀 해요. 빅토리아, 간단하게 말하면, 당신은 우리에게 기회를 주었어요. 하지만 조지핀하고 제가 그냥 서로를 싫어하면서 사는 것도 괜찮지 않을까요?"

"가능한 일이죠." 빅토리아가 말했다. "얼마든지 마음대로 하세요. 이제 코냑이 나오네요. 이번에는 무엇을 위해 건배할까요?"

"하지 말아요." 조지핀이 말했다. "전 말을 너무 많이 했어요. 이제 집에 가야 할 것 같아요. 저녁 내내 개들만 집에 있었어요."

"다리들이 너무 짧아서." X가 한마디 했다.

빅토리아는 코냑을 들고 말했다. "여러분, 여러분은 부차적인 일에 너무 신경을 쓰는군요. 커피를 마신 다음에는 석양을 바라보는 데 주의를 집중했으면 해요."

카페에 있던 이들은 카페를 지나 광장으로 나가는 내내 말이 없었다.

"추워요." 조지핀이 그렇게 말하며 빅토리아의 친칠라 망토를 여미려고 했다.

"내버려 둬요." X가 말했다. "빅토리아는 자기가 추운지 안 추운지 알 테니까. 가만히 좀 있어요."

조지핀이 쏘아붙였다. "뭐든지 당신이 맞다고 생각하죠? 빅토리아에 대해서는 전혀 아무것도 모르면서요!" 그러고는 두 사람을 지나쳐서 골목으로 올라가 버렸다.

"마음 쓰지 말아요." 빅토리아가 말했다. "내일 아침에는 생각이 바뀔 거예요."

"그렇게 생각하세요?"

"네, 그래요. 모든 게 달라질 거예요." 빅토리아는 자신에게는 매일 아침이 새로운 도전이며 늘 새로운 가능성, 놀라움, 어쩌면 통찰로 가득하고, 한마디로 매우 흥미진진하다는 사실을 더 이상 그녀에게 설명하지 않았다. 이미 설교는 하룻저녁에 할 만큼 했으니, 그녀는 그저 호세가 9시 이후에 장작을 가져다줄 때 파티오를 쓸고 장작이 부겐빌레아[22]를 가리지 않도록 다른 쪽에 쌓아 달라고 부탁해야겠다는 말만 했다.

X는 미소를 지었다. "아아 빅토리아, 부차적인 일이요. 부차적인 일이라고 했지요? 그 많은 자잘한 걱정과 수고들이요. 새로운 하루하루는 이런저런 일들로 가득해요. 저기 가는 조지핀을 보세요. 반나절은 개들하고 지내고 오페라를 틀고, 나머지 반은 쓸데없는 파티를 돌아다니죠. 그리고 마음 상하고, 사람들한테 관심을 받고, 그 우스운 자존심을 지키는 것도 시간이 많이 드는 일이에요……. 그런데 당신, 진짜 빅토리아는

22 Bougainvillea. 분꽃과의 덩굴성 관목.

몸소 선의의 관용을 뿌리고 다니시죠. 그래요, 그 차에 타고 있는 걸 봤어요! 잠깐만요. 아무 말도 하지 마세요. 당신 같은 사람은 거절을 못 한다는 거 잘 알아요. 하지만 당신 같은 사람들은 누구도, 정말 아무도, 모든 것을 관통하는 원칙이라는 걸 가진 사람이 없어요. 마실 것에도, 감정에도 다 물을 타 버리죠. 탄탄하고 희석되지 않은 원칙이라는 걸 이해 못 해요."

둘은 길을 계속 가서 조지핀에게까지 갔다. 조지핀은 집으로 가는 긴 계단 아래에 앉아 있었다.

빅토리아는 X에게 말했다. "원칙은 많이 많이 있어요. 영국 마을 사람들을 증오하는 건 특별히 흥미로운 원칙이 아니에요. 그리고 그 원칙에도, 제 생각엔 이미 물이 많이 섞였죠. 새로운 원칙을 하나 찾아보도록 해요. 되도록이면 좀 유용한 걸 구해 보세요. 아니면 당연히 그냥 포기하실 수도 있지요."

"포기하다니 무슨 말이에요?"

"음, 그냥 평범한 사람이 되는 데 만족하는 거죠. 그것도 충분히 흥미진진한 일이라고 생각해요."

"하하, 보세요." 조지핀이 말했다. "그냥 평범하다고요. 빅토리아처럼요. 그건 평범하지 않은 거죠."

X는 그녀가 일어나는 것을 도와주며 말했다. "그러게 말이요. 이제 갑시다. 빅토리아, 잘 쉬세요."

"잘 쉬세요." 빅토리아는 잠시 서서 두 사람이 길고 힘든 계단을 올라가는 모습을 바라보았다.

구경하는 사람들이 더 많아졌다.

다음 주에 X는 웨인라이트 부부에게 초대를 받았다. 그리고 레이디 올드필드에게도. 하지만 스미스 씨는 영국 마을의 핵심 멤버에는 바로 낄 수 없었다. 기존 멤버들이 그에게 좀

재미있고 특별한 면이 있어서 사교계에 활기를 불어넣을 수
도 있겠다고 확신을 한 다음에야 함께 어울릴 수 있었다. 그리
고 그건 가을이 다 되어서야 일어난 일이다.

쇼핑

아침 5시. 아직도 구름이 끼어 있었다. 끔찍한 악취는 더 심해진 것 같았다. 에밀리는 늘 가던 대로 로베르트 거리를 내려가 블롬의 식료품점까지 갔다. 유리 조각들이 발밑에서 밟히는 소리가 났고, 장차 언젠가 길을 좀 뚫고 다니기 편하게 만들어야겠다는 생각이 들었다. 시간을 끝도 없이 잡아먹는 쇼핑할 시간만 넉넉히 있다면 그다음에. 부엌에는 아직 통조림 음식이 많았지만, 요새 같아서는 안심할 수 없는 일이라고 에밀리는 생각했다. 블롬의 가게 밖에는 놀랍게도 커다란 거울이 아직 성히 있었다. 에밀리는 잠시 발걸음을 멈추고 머리를 만졌다. 지금 그녀가 뚱뚱하다고 생각하는 사람은 아무도 없었다. 크리세가 늘 말하듯이 통통하다거나 그리스 여신 같다고 하는 편이 더 적절하리라. 외투도 전보다 더 잘 맞았다. 녹색 외투는 가방과 잘 어울렸다. 창문을 통해 안으로 들어가기 위해 에밀리는 부서진 벽돌과 벽에서 떨어진 조각 위로 기어올랐다. 악취의 근원은 상한 음식이었다. 그녀는 그들이 이미 다녀갔다는 사실을 알 수 있었다. 선반에는 거의 아무것도 없었으니까. 하지만 그들은 절인 양배추에는 관심이 없었다. 그녀는 있는 통조림을 다 주워 담고, 마지막으로 남은 양초 한 상자를 담고는, 지나가다가 설거지용 솔과 샴푸를 챙겼다. 주스는 더 이상 없었으니 크리세가 이제 강에서 길어 온 물이 어떻다고 말을 해도 소용이 없었다. 룬드그렌의 집에 가서 찾아볼 수 있겠지만, 거기까지는 아주 먼 길이었다. 다른 날 해야겠다. 아침 시간을 잘 활용하기 위해서 에밀리는 6번 집으로 들어가, 가방을 1층에 놓고 위층의 에릭손네로 올라갔다. 갈 수 있는 건 거기까지였다. 에릭손 가족은 다행히도 떠나면서 문을 잠그지 않았다. 에밀리는 여기 가져갈 게 더 없다는 사실을 알고 있었다. 이미 옛날에 쇼핑이 끝났지만, 이 거실에 앉아서 다리를 뻗으면 편안했다. 물론 얼룩이 묻고 이것저것을 베어 간 다음이라 전처럼 좋지는 않았다. 그들, 다른 사람들이 한 일이다. 어쨌건 제일 먼저 온 것은 에밀리였다. 그래도 그녀는 편안한 방의 아름다움을 정말로 소중하게 여겼기 때문에 음식 말고는 아무것도 가져가지 않았다. 나중에, 모든 것이 망가지고 버려진 다음에는 그녀도 부엌을 꾸미고 크리세를 놀라게 해 주려고 이런저런 것들을 가지고 갔다. 이번에는 그녀의 쇼핑 시간인 5시에 멈추어 선 로코코 양식의 벽시계를 챙겼다. 새벽 5시라면 다른 사람들은 아직 없었다. 좋은 시간, 안전한 시간이었다.

에밀리는 집으로 출발했고, 위가 예민해진 크리세에게 절인 양배추가 괜찮을까 생각했다. 반쯤 왔을 때 에밀리는 너무나 무거운 가방을 내려놓고, 변해 버린 경치를 둘러보았다. 그녀가 살던 교외는 몰락했고, 남은 게 거의 없었다. 강 건너편에는 아무것도 남지 않았다. 그래도 공원의 나무에 아직 새순

이 없는 건 좀 이상했다.

그녀의 눈에 멀리 로베르트 거리에 있는 그들이 들어왔다. 점 두 개에 지나지 않았지만 움직이고 있었다. 확실히 움직이고 있었고, 이쪽으로 오고 있었다. 에밀리는 뛰기 시작했다.

부엌은 1층에 있었다. 그들은 늘 부엌의 식탁에서 식사를 했고, 그 일이 벌어졌을 때는 저녁 식사를 하고 있었다. 1층의 다른 부분들은 더 이상 접근이 불가능했다. 크리세는 꼭 그럴 상황이 아니었는데도 다리를 다치고 말았다. 에밀리의 생각에는 크리세가 그렇게 서둘러 나갈 필요는 없었는데 괜히 그러는 바람에 집 전면의 반이 그의 다리 위로 무너지고 만 것이다. 이건 순전히 남자들의 호기심 때문이었다. 그는 사실 어떻게 행동해야 하는지 알고 있었다. 라디오에서는 이런 경우에는 집 안에 머무르시고 어쩌고저쩌고하며 경고했으니까. 그런데 그는 지금 에밀리가 길에서 찾아온 매트리스를 깔고 누워 있었다. 그녀는 유리창에 생긴 구멍을 카펫으로 막았고, 나중에는 밖에서 부러진 널빤지를 구해 와 못을 박아 창을 막았다. 부엌에 연장통이 있어서 다행이었다. 그렇게 하지 않았다면 누구라도 창문을 넘어 들어올 수 있었을 테니까. 확실하게 하기 위해서 그녀는 몇 시간 동안 애를 써서 바깥쪽도 위장했다. 매트리스에 누운 채 에밀리가 담을 쌓는 소리를 들으며 크리스티안[23]은 그녀가 이 일을 즐기고 있다는, 적어도 거의 그렇다는 느낌을 피할 수 없었다. 그는 그녀가 겁먹게 하지 않으려고 애썼다. 그는 잠을 상당히 많이 잤다. 다리는 위중하지 않았지만 통증이 남아 있었고 그 다리를 디디고 설 수가 없었

---

23 앞의 크리세는 크리스티안의 애칭이다.

다. 크리스티안에게는 어두움이 더 힘들었다.

그는 잠이 깨어 매트리스 옆 바닥에 놓여 있을 양초와 성냥을 찾았다. 그는 성냥이 꺼지지 않도록 조심하며 불을 붙였다. 거기에는 에릭손 집에서 가져온 책들이 놓여 있었다. 아직 읽지 않은, 더 이상 그와는 무관한 다른 세계의 책들이었다. 그는 매일 아침 그랬듯이 시계태엽을 감았다. 6시가 조금 넘었으니 그녀가 곧 올 것이다. 성냥은 몇 개 남지 않았다.

'나는.' 크리스티안이 생각했다. '나는 일어났던 일에 대해 우리가 얘기를 했으면 좋겠는데. 뭐라고 이름을 붙이고 진지하게, 객관적으로 대화를 했으면. 하지만 용기가 안 나. 에밀리를 걱정시키고 싶지도 않고. 하지만 저놈의 창문만 좀 열 수 있었으면.'

그리고 그녀가 왔다. 부엌문을 열고 가방들을 식탁 위에 놓고는 그에게 미소를 짓고 금박을 한 에릭손의 시계를 보여 주었다. 어마어마한 물건이었다. "다리는 어때? 잠은 잘 잤고?"

"꽤 괜찮아." 크리스티안이 대답했다. "성냥은 찾았고?"

"아니. 그리고 주스도 더 없더라. 그들이 에릭손네 소파를 찢어 버렸어."

"숨을 헐떡거리네." 크리스티안이 말했다. "뛰어온 거지. 그들을 봤어?"

에밀리는 외투를 벗고 새 설거지 솔을 예전 솔이 걸려 있던 못에 걸었다. "설거지물을 강에서 길어 와야겠어."

"에밀리, 그들을 본 거야?"

"봤지. 딱 두 명. 아주 멀리. 에드룬드네 모퉁이쯤에서. 가게들이 비니까 사람들이 시내로 이사를 갔는지도 모르지."

"에드룬드네 모퉁이? 없어졌다고 하지 않았어? 주유소 뒤쪽으로는 아무것도 없다며?"

"그래, 맞아. 그래도 모퉁이는 있지." 에밀리는 토마토 주스와 비스킷이 담긴 접시를 그의 옆, 바닥에 놓았다. "좀 먹어봐. 너무 살이 빠졌어." 그녀는 가계부를 꺼내 채소 페이지에 양배추 절임을 적었다.

크리스티안은 다시 창문 이야기를 시작했다. 창문을 열어야 한다고, 창문을 막은 것들을 치우고 햇빛이 들어오게 해야 한다고, 그는 더 이상 어둠 속에 살지 못하겠다고.

"하지만 그럼 그들이 오잖아!" 에밀리가 외쳤다. "그들이 우리를 바로 찾아내고 내가 쇼핑해 놓은 음식을 다 빼앗아 갈 거야. 크리세, 제발 정신 좀 차려. 내가 뭘 봤는지 모르지? 에릭손의 소파…… 깨진 도자기가 산더미 같고, 골동품도……. 그리고 바깥도 꽤 어둡긴 마찬가지야."

"무슨 말이야?"

"음, 그냥 점점 어두워진다는 거지. 두 주 전에는 아침 4시에 쇼핑을 할 수 있었는데, 지금은 5시까지 아무것도 안 보여."

크리스티안은 격하게 흥분했다. "확실해? 점점 어두워진다고? 하지만 지금은 6월 초잖아. 더 어두워질 리가 없지!"

"이거 봐, 크리세. 침착해. 그냥 계속 흐릴 뿐이야. 햇빛을 마지막으로 본 게…… 음, 아예 본 적이 없잖아."

그는 일어나 앉아 그녀의 팔을 잡았다. "그러니까 말하자면 땅거미 같은 거……."

"아니. 그냥 흐리다니까! 구름 몰라, 구름? 왜 자꾸 짜증 나게 해?"

멀리 시내에서 사이렌 소리가 다시 울렸다. 중간중간 사이를 두고 계속해서 들려왔다. 그 소리는 지친 탄식처럼 들리며 에밀리를 초조하게 했다. 크리스티안은 소방서에 발전기가 있는데 거기 문제가 생긴 게 아닐까 하고 그녀를 위로하려고 했지만 무슨 도움이 될까. 어차피 마냥 울 텐데. 실제로 그녀는 울었고, 벌떡 일어나 부엌 선반에서 통조림들을 이리저리 정리하기 시작했다. 깡통 하나가 바닥으로 떨어졌고, 굴러가서 초를 넘겨 버렸다. 촛불이 꺼졌다.

"거봐." 그가 말했다. "성냥이 몇 개나 남았는지 알기나 해? 다 쓰고 나면 어쩌려고? 어두운 데서 끝나기를 기다려? 창문을 열어야지!"

"또 창문 얘기야!" 에밀리가 외쳤다. "왜 그냥 내 마음에 드는 대로 두지 못하는 거야! 내가 기뻐하면 좋지 않아? 여기, 집이 마음에 들지? 오늘은 비누를 찾았다고. 듣고 있어? 비누라고!" 갑자기 차분해지며 그녀가 말을 계속했다. "집을 아늑하게 하는 건 나잖아. 내가 나가서 쇼핑을 하지. 놀라운 물건들을 찾아⋯⋯. 왜 나를 걱정시키고 모든 것을 다 어둡게 보는 거야?"

"어떨 것 같아?" 크리스티안이 말했다. "나는 여기 이렇게 시체처럼 누워서 돕지도 못하고 책임도 못 지는 걸! 정말 속 터지지."

에밀리가 대답했다. "자기는 자존심이 있다는 거지? 그렇지 않아? 그런데 나에게는 평생 다른 사람을 보호할 기회도 없었고 중요한 일을 결정하고 책임을 맡을 일도 없었다는 생각을 해 본 적 있어? 그러니까 그냥 내버려 둬! 내가 가진 걸 빼앗아 가지 말고! 그냥 내가 두려워하게 만들지만 않으면 돼." 그녀는 성냥을 찾아서 촛불을 켜고는 말을 계속했다. "내가 걱정하는 건 그들이 이리 와서 우리 식량을 빼앗아 가는 거야. 다른 건 없지."

어느 날 크리스티안은 시계태엽을 감는 일을 잊어버렸다. 그는 저녁까지 말할 엄두도 내지 못했다. 에밀리는 싱크대 옆에 서 있었고, 잠시 뻣뻣해졌지만 한마디도 하지 않았다.

"알아." 크리스티안이 말했다. "있을 수 없는 일이지. 내가 맡은 일이라곤 그것 하나밖에 없는데 이렇게 돼 버렸어. 에밀리? 무슨 말이라도 좀 해 봐."

"다 서 버렸네." 그녀는 아주 낮은 목소리로 말했다. "시계들이 다 멈췄어. 이제 언제 쇼핑 갈 시간인지 알 수가 없네."

그는 반복했다. "있을 수 없는 일이야."

그들은 더 이상 그 문제에 대해 말하지 않았다. 하지만 이시계 사건으로 인해 무언가가 달라졌다. 어떤 불확실함 같은 것이 생겨났고, 둘 사이가 서먹서먹해졌다. 에밀리가 가방을 들고 나가는 일도 줄었다. 식품을 구해 올 수 있는 가게들도 비었고, 에릭손의 집에 가도 우울해졌다. 어쨌건 거기에 마지막으로 갔을 때 그녀는 피아노 위에 덮여 있는 커다란 스페인 실크 스카프를 건졌다. 막아 놓은 창문에 색깔을 좀 입힐 수 있을 것 같았다. 집으로 가는 길에 에밀리는 개 한 마리를 보았다. 그녀는 개를 불렀지만, 개는 가 버렸다.

부엌으로 들어온 그녀는 말했다. "개를 한 마리 봤어."

크리스티안은 큰 관심을 보였다. "그래서? 어떻게 생겼는데?"

"갈색과 흰색이 섞인 세터[24]였어. 공원 옆에서였지. 불렀

---

24 Setter. 사냥개의 한 종류. 중형 조렵견.

는데 무서워하고 가 버렸어. 쥐들은 절대 안 무서워하는데."

"어디로 뛰어갔는데?"

"음, 그냥 자기 갈 길을 갔지. 아무도 그 개를 잡아먹지 않은 게 이상하지. 그리고 그 불쌍한 개가 뭘 먹고 살지는 생각하고 싶지도 않아. 어쨌건 별로 마른 개는 아니었어."

크리스티안은 다시 누웠다. "가끔씩은 말이야." 그가 말했다. "가끔씩은 나를 놀라게 하는군. 여자들은 나를 놀라게 해."

에밀리와 크리스티안은 계속 그렇게 지냈다. 크리스티안의 다리는 조금 나아졌고, 이제 가끔씩은 식탁에 앉을 수도 있었다. 그는 거기에 앉아서 성냥을 쌓으며 헤아려 보았다. 몇 개가 있으니까 얼마 동안 충분하겠다. 에밀리는 물을 가지러 밖에 다녀올 때마다 그는 "다른 사람들"을 보았느냐고 물었다. 어느 날 아침 그녀는 그들을 보았다.

"남자들이야, 여자들이야?"

"몰라. 멀리 공원에 있었어."

"젊은 사람들인지 나이가 들었는지도 못 봤겠네?"

"못 봤지."

"궁금한 게 있어" 크리스티안이 말했다. "그들도 밤이 계속 점점 어두워지는 걸 느꼈을까? 그들은 무슨 생각을 할까? 자기들끼리 토론을 하고 계획을 짰을까, 아니면 그냥 두려워했을까. 왜 남들처럼 그냥 떠나지 않았을까. 자기들밖에는 아무도 없다고, 단 한 명도 남지 않았다고 생각할까?"

"크리세, 크리세. 모르겠어. 나는 그 사람들 생각을 일부러 안 해."

"생각을 해야지!" 크리스티안이 외쳤다. "우리하고, 그리고 그 사람들뿐인지도 몰라. 그들을 만날 수도 있지."

"설마."

"아니야. 난 진심이야. 우리가 그들과 이야기를 나누어 볼 수도 있지. 뭘 할 수 있을지 생각해 봐. 함께 말이지. 공유하고."

"음식은 안 돼!" 에밀리가 외쳤다.

"통조림은 다 맘대로 해." 크리스티안이 멸시하듯 말했다. "우리는 일어났던 일들을, 자기가 절대로 말하려고 하지 않는 일을 공유할 수 있지. 무슨 일이 있었는지, 왜 그런 일이 일어 났는지, 혹시나 계속된다면 어떻게 버틸 수 있을지."

"쓰레기를 내다 버려야 해." 에밀리가 말했다.

"그렇지 않아. 내가 말을 하면 그 말에 귀를 기울여야지. 그게 중요한 일이지." 그리고 크리스티안은 말을 이어 갔다. 그는 그녀에게 어둠에 갇혀 있던 몇 날 며칠 사이에 그가 무슨 생각을 하게 되었는지 털어놓았다. 그는 에밀리의 자상함에 대해 감사를 표시했고, 그러면서 아내가 그에게 보여 주는 게 당연하다고 생각하는 신뢰와 충실함을 기대한다고 말했다. 사실 그는 이렇게 함으로써 그녀에게 애정을 표시한 것이었 지만 그녀는 이해하지 못했고, 그의 말은 들을 필요가 없다는 듯이 말 한마디 없이 나가 버렸다.

에밀리가 나가자 크리스티안은 무시무시한 분노에 휩싸 였다. 그는 창가로 다가가서는 그녀의 스페인 실크 스카프를 찢어 버렸다. 그는 판자를 떼어 내고, 하나를 더 떼어 내고, 실 망과 분노로 창문에 달려들었지만 곧 다리에 힘이 빠져서 주 저앉았다. 한쪽에 작은 틈이 생겨서 햇빛이 방으로 들어왔다.

에밀리가 돌아와서 문턱에 멈추더니 외쳤다. "내 스페인 실크 스카프를 찢어 버렸네!"

"그래! 그 스카프를 찢어 버렸다! 우리 에밀리의 스카프가 찢어져서 세상이 망했네! 어쩐대! 도끼를 줘! 빨리!"

크리스티안은 쌓아 놓은 장애물로 달려들었다. 하지만 곧 주저앉아 도끼를 다시 내렸다. 그러고는 다시 시도했다. "내가 할게." 에밀리가 속삭였다.

"됐어. 자기하고는 상관없는 일이야."

그러자 그녀가 다가가서는 그가 하던 일을 계속할 수 있도록 도와주었다. 창문이 열리자 그녀는 쌓인 쓰레기를 치우기 시작했다. 크리스티안은 기다렸지만, 그의 아내는 아무 말도 하지 않았다. 밖에서 회색빛이 들어와서 부엌이 아주 낯설게 보였다. 다 드러난 방은 질서 없이 어수선해 보였고, 온갖 필요 없는 물건들이 가득했다.

에밀리가 말했다. "그들이 이리로 오고 있어." 그녀는 그를 바라보지도 않고 계속 말했다. "다리는 꽤 괜찮아 보이네. 요새처럼 당신이 까다로우면 나는 어떻게 해야 할지 모르겠어. 자, 밖으로 나가자." 그는 부엌문을 열었다.

"나를 신뢰해?" 크리스티안이 물었다. "나를 믿는 거야?"

그녀는 말했다. "이상한 소리 하지 마. 당연히 믿지. 추워졌으니까 외투나 입어."

그녀는 그가 외투 입는 것을 도와주고 팔짱을 꼈다.

밖은 이미 저녁이 가까워 어두웠다. "다른 사람들"이 다가왔다. 아주 천천히, 크리스티안과 에밀리는 그들에게 갔다.

숲

그때는 소들이 다니는 길만이 숲을 가로지르던 때였고, 숲은 너무나 커서 딸기를 따러 간 사람들이 길을 잃고 여러 날 동안 집으로 가는 길을 못 찾곤 했다. 우리는 숲에 깊이 들어 갈 엄두가 나지 않아서, 조금만 들어가서는 잠시 귀를 기울이다가 다시 뛰어나왔다. 겁을 더 많이 낸 쪽은 마티였지만, 뭐 여섯 살도 안 되었으니까. 산 밑에는 벼랑이 있었다. 엄마는 우리가 집을 떠나기 전에 그 산 이야기를 많이 했다.

엄마는 광고를 보고 빌린 오두막에서 우리가 여름을 지낼 수 있도록 시내에서 일을 하셨다. 우리에게 식사를 준비해 주게끔 안나도 고용하셨다. 안나는 되도록이면 혼자 방해받지 않고 있기를 바랐고, 나가서 놀라고 말했다.

마티는 내가 어디를 가건 "기다려!", "뭐 하고 놀까?"라고 말하며 따라왔다. 하지만 같이 다니기에는 너무 어렸다. 남동생을 데리고 뭘 할 수 있단 말인가? 하루하루가 너무나 길었다.

그러다가 어느 매우 중요한 날, 모든 것을 변화시킬 책 한

권을 엄마가 소포로 보내 주셨다. 책의 제목은 "침팬지들의 타잔"이었다.

마티는 글을 못 읽어서 내가 가끔 조금씩 읽어 주었다. 하지만 보통 나는 그 책을 들고 나무에 올라갔다. 마티는 아래에 서서 계속 물었다. "어떻게 됐어? 타잔은 잘하고 있어?"

엄마는 『타잔의 야생 친구들』과 『타잔의 아들』도 우리에게 보내 주셨다.

안나는 말했다. "엄마가 정말 좋으시네. 아버지가 안 계셔서 참 안됐구나."

"아빠 있어!" 마티가 말했다. "크고 힘도 세고 아무것도 안 무서워한다고. 그러니까 말 조심해!"

나중에 마티는 자기가 타잔의 아들이라고 선포했다.

그래서 여름이 완전히 달라졌다. 제일 큰 변화는 우리가 숲에 들어갔다는 점이다. 우리는 그 숲이 아무도 본 적 없는 정글이라는 사실을 발견했고, 용기를 내어 늘 어둑어둑할 정도로 나무들이 다닥다닥 붙어 있는 숲 안쪽으로 매번 조금씩 더 깊이 들어갔다. 우리는 타잔처럼 나뭇가지를 부러뜨리지 않으면서 소리 없이 나무를 타는 법을 익혔고, 아주 다른 방식으로 소리를 듣게 되었다. 나는 우리가 한동안 소들이 다니는 길을 사용할 수 없다고 했다. 들짐승들이 그 길로 물을 마시러 다녔기 때문이다. "들짐승 친구들은 좀 조심해야 해. 적어도 지금으로서는."

"알았어, 타잔." 마티가 말했다.

나는 그에게 집으로 돌아오기 위해 태양을 보고 동서남북을 파악하는 법을 가르쳐 주었고, 구름이 끼었을 때 길을 떠나면 안 된다고 알려 주었다. 내 아들은 점점 더 용감해지고 재

주가 늘어났지만, 개미 시체에 대한 공포만은 끝내 온전히 극복하지 못했다.

가끔 우리는 안전한 곳에서 이끼를 등 밑에 깔고 누워서 어마어마한 초록빛 세상을 바라보았다. 하늘 한 조각 보기도 힘들었지만, 숲은 분명 하늘을 지붕으로 이고 있었다. 아주 고요한 가운데 바람이 나무 끝을 스치는 소리가 들렸다. 위험이라고는 없었고, 정글이 우리를 품고 지켜 주었다.

어느 날 우리는 작은 강에 다다랐다. 타잔의 아들은 강이 살인 물고기 피라냐로 가득하다고 했지만, 어쨌든 걸어서 건너려고 했다. 아주 빨리. 나는 마티가 자랑스러웠다. 가장 기특했던 것은 그가 아무 도움 없이 혼자 깊은 물에 들어갔을 때다. 나는 만약의 경우를 대비해 안전 로프를 들고 바위 뒤에 서 있었지만, 그는 몰랐다.

나는 활을 만들었지만, 우리가 들짐승 친구라고 여기지 않은 하이에나 한두 마리밖에는 쏘지 못했다. 그리고 보아뱀도 한 마리 쐈는데, 입 한가운데를 쏘아서 단번에 잡았다.[25]

식사를 하러 집에 왔을 때 안나는 우리가 무엇을 하고 놀았는지 물었고, 내 아들은 우리가 놀기에는 나이를 너무 먹었고 정글을 탐사했다고 말했다.

"잘했네." 안나가 말했다. "계속 그렇게 해. 하지만 저녁 먹을 시간은 잘 지키도록 해 봐."

새롭게 독립심을 발견한 우리는 이제 엄격하며 의심할 여지없이 정의로운 정글의 법칙만을 따랐다. 그리고 정글은 문을 열어 우리를 맞았다. 매일같이 용기를 내고, 우리 능력의

---

25 하이에나나 보아뱀이나, 스웨덴의 숲에는 없었을 동물들이다.

한계를 시험하고, 스스로 생각했던 것보다 더 강해지는 놀라운 경험을 했다. 하지만 우리는 우리보다 작은 무엇도 죽이지 않았다.

8월이 되어 어두운 밤이 왔다.[26] 해가 넘어가며 노을이 나무줄기를 비출 때면 우리는 어두움이 깔리는 광경을 안 보려고 집으로 달려왔다.

안나가 불을 끄고 부엌문을 잠그면 우리는 누워서 귀를 기울였다. 멀리서 짐승이 우는 소리가 들렸고, 집 가까운 곳에서 부엉이 소리도 들렸다.

"타잔?" 마티가 속삭였다. "들려?"

"잠이나 자." 내가 말했다. "아무도 못 들어오니까. 아들, 날 믿어."

하지만 나도 들짐승 친구들이 더 이상 친구들이 아니라는 사실을 무서울 정도로 분명하게 깨달았다. 들짐승의 퀴퀴한 냄새가 났고, 털보 짐승들이 벽을 스치고 있었다……. 짐승들을 오게 한 건 나였고, 너무 늦기 전에 그들을 쫓을 수 있는 것도 나뿐이었다.

"아빠!" 마티가 외쳤다. "짐승들이 들어와!"

"바보 같은 소리 하지 마." 내가 말했다. "소리를 내는 건 늙은 부엉이 몇 마리하고 여우 몇 마리니까 그냥 자. 정글 이야기는 다 거짓말이고, 믿을 게 못 돼." 나는 밖에 있는 짐승들에게까지 들리도록 일부러 큰 소리로 말했다.

"아니, 그건 다 사실이야!" 마티가 외쳤다. "거짓말하지 마. 다 사실이라고!" 마티는 엄청나게 흥분했다.

---

26 스웨덴의 6월, 7월은 백야라 어두워지지 않는다.

다음 해 여름에 마티는 다시 정글에 가고 싶어 했다. 하지만 다시 숲에 갔으면 나는 마티에게 거짓말을 했어야 했으리라.

체육 교사의 죽음

어느 봄날, 캄브레[27] 근교의 숲에 푸른빛이 돌기 시작했을 때, 드물면서도 비극적인 일이 일어나 소년들이 다니는 남부 라틴어 학교를 뒤흔들었다. 학교의 체육 교사가 주말에 체육관에서 목을 맨 것이다. 토요일 저녁에 그를 발견한 사람은 건물 관리인이었다. 그렇게 해서 저학년은 당분간 체육 수업 대신 미술 수업을 받게 되었는데, 학생들의 작품들은 거의 예외 없이 대단히 병적인 소재를 다루고 있었다.

장례식 날에는 학교가 문을 닫았다. 교장은 이 불미스러운 사건이 체육 주임이 되기 위한 시험의 실패와 관련이 있다고 생각했다. 하지만 다르게 생각하는 사람들도 많았다. 학교에서 서쪽으로 몇 킬로미터 가면 나오는, 벌목될 예정인 작은 숲이 문제라는 추측도 있었다. 1.5헥타르밖에 안 되는 작고 평평한 숲이었다. 그는 일요일이면 학생들을 그리로 데리고 가곤 했으며, 숲을 베기 전에 사람들이 거기 들어가서 쓸데없

---

27 프랑스 북쪽의 도시.

는 짓을 못 하도록 고층 건물의 건축 회사가 그 숲 주위에 친 철조망을 잘라 버린 것 역시 그 교사라고 믿었다. 어쨌건 사람 들은 그의 비극적인 죽음이, 좋게 말하면 지나친 행동이고 사 실은 부질없는 짓이라고들 생각했다.

장례식 날 앙리 피보는 플로라고 불리는 그의 부인 플로 랑스와 함께 어떤 건축업 동업자에게 저녁 식사 초대를 받고 시외로 운전해 나갔다. 차들은 아주 천천히 움직였고, 오랫동 안 제자리에 서 있었다. 아직 두 시간은 더 운전해야 했다.

기분이 나쁠 때면 플로는 관자놀이가 좁아지며 눈이 더 커졌고, 눈꼬리가 축 처진 얼굴이 됐다. 앙리는 극적으로 변한 모자이크 같은 눈을 놀리곤 했다. 딱 붙게 다듬은 머리도 모자 이크에 어울렸지만, 안경은 그 그림에 맞지 않았다. 반면에 앙 리는 여유로운 분위기의 얼굴을 타고나서, 신뢰감을 주면서 도 어딘가 애매하고 별로 기억에 남지 않았다.

"아." 플로가 말했다. "또 꼼짝 못 하고 있네. 교통 체증은 정말 짜증나. 뭔가 우롱당하는 것 같고, 속박되는 느낌이야. 나라면 다른 도시에 사람들을 저녁 식사에 오라고 초대하지 못할 거야. 차라리 장례식에 갔어야 했는데."

그는 말했다. "당신이 안 가도 된다고 했잖아."

"안 가도 된다, 안 가도 된다. 말은 그렇게 하지. 그리고 그 여자는 왜 아이들을 데려오라고 안 한 거야? 애들도 저녁은 먹어야 하는데, 우리한테 애들이 있다는 걸 잊어버렸나?"

"하지만 애들은 나가서 축구를 한다고 했잖아. 그리고 애 들이 니콜의 만찬에 무슨 관심이 있겠어?"

"앙리, 당신도 보통 어떻게 하는지 다 알잖아. 먼저 한쪽 에서 초대를 하면 다른 쪽에서 고맙지만 사양한다고 하고, 그럼 양쪽 다 만족하잖아."

차량의 행렬이 움직이기 시작했다. 잠시 후 그가 말했다.
"당신 니콜이 싫지."

"한 번밖에 안 만났잖아. 샤탱의 집에서. 난 아무 감정 없어."

주변은 밋밋하고 비어 있었다. 가끔씩 급조한 고층 건물
과 주유소와 길가에 흔히 있을 법한 건물들이 나타났고, 이 풍
경은 예의상 하는 대화처럼 개성도 없고 단조롭게 계속 반복
되었다.

"앙리." 그녀가 말했다.

"응."

"그 일 생각만 나."

"알아. 애들은 혹시 뭐라고 해? 물어봐?"

"아니."

"하지만 알기는 알지?"

"앙리, 학교에 모르는 사람이 없어. 여긴 아주 흉하게 보
이는데. 집은 어디 가서야 나오지?"

"여긴 아직 공사를 시작 안 했지. 벌목만 했어."

"벌목?"

"숲을 베었어. 벌목을 했지." 그는 입에 담으면 안 되는 단
어를 꺼냈음을 바로 깨달았고, 그녀가 나무 이야기를 할 텐데
그러면 자신은 집은 지어야 하고 사람들이 나무보다 중요하
며 사람은 너무 많은데 어딘가 살 곳이 필요하다는 말을 하게
되겠거니 했다.

하지만 플로는 말이 없었다. 안경을 치맛단에 닦고는, 몇
킬로미터를 더 가서야 그래도 장례식에 갔어야 했다는 말을
반복했다.

그가 대답했다. "그 사람들 모르잖아. 우리가 가건 안 가 건 아무도 신경 쓰지 않았을 거야."

"앙리. 속이 불편해."

"하지만 여기서 차를 세울 수는 없잖아. 많이 안 좋아? 차 멀미 잘 안 하잖아?"

"코냑 있어?"

"글러브 박스에."

황량한 풍경이 계속되었다.

"그러니까, 이 만찬 초대는 정말 쓸데없는 일이야." 플로 가 말했다.

그는 인내심을 모아 대답했다. "그렇지 않아. 쓸데없는 일 이 아니지. 내가 미셸과 일을 하는데 그들이 우리를 식사에 초 대했어. 우리가 거기 가는 게 쓸데없는 일이 아니라는 걸 당신 도 알잖아."

"알지. 미안, 미안, 미안. 당신은 그 사람들과 함께 건물을 짓지."

"플로. 제발 부탁인데 오늘 저녁에 좀 편안하게 굴어 줄 수 없어? 나한테 중요한 일이야."

"그렇겠지. 맞는 말이야. 해 볼게."

"속은 좀 괜찮고?"

"그런지도 모르지."

"플로, 그 사람 일은 생각하지 마. 그러니까…… 그 일. 늘 있는 일이잖아. 사람들은 너무 약해. 못 견디고 포기하지. 하 지만 세상은 굴러가고. 알지? 삶은 계속된다고. 전하고 똑같 이. 그리고 몇 주가 지나면 새 체육 교사가 오겠지."

그녀는 급하게 남편을, 느긋한 그의 모습을, 그가 대변한다고 믿는 모든 것을 향해 외쳤다. "아무것도 전하고 똑같지 않을 거야! 그리고 그는 약하지 않았다고. 절대 아니지. 너무나 강해서 참을 수 없었던 거야. 그런데 우리가 돕지 않았지."

한참 후에야 아름다운 저택들이 있는 시외 지역이 나왔고, 두 사람은 차에서 내렸다. 앙리는 꽃과 플로의 외투를 들고 말했다. "이제 잘해 봐야지. 안 그래? 그다음에 집에 가서 내일까지 실컷 자는 거야."

니콜과 미셸의 집은 건축의 관점에서 보면 완벽한 작품, 서로 안 어울리는 데라고는 전혀 없는 완전무결한 보석이었다. 플로는 무슨 전시회 개막식 같은 곳에 가서 작가의 눈에 뜨일까봐 빠져나가지도 못하는 그런 기분이었다. 니콜은 그 집과 똑같았다. 크고 아름답고, 어떤 면에서 다가갈 수 없었다.

"플로랑스." 그녀가 말했다. "반가워라. 앙리가 당신을 데리고 와서 기뻐요. 미안한데 미셸은 좀 늦을 거예요. 전화하겠대요. 지긋지긋한 회의들이지요. 항상 똑같아요."

"잘 알죠." 앙리가 말했다. "이해합니다. 일이 우선이죠! 니콜, 테이블을 정말 아름답게 꾸미셨네요. 완벽해요."

식사가 끝날 무렵 앙리는 잔을 들고 타고난 자연스러운 태도로 초대해 준 니콜에게 감사를 표하고 그녀를 완벽하게 연마한 보석에 비교했고, 오래전에 미셸과 낚시를 하던 이야기와 건축업계의 아주 최근 사건 사고까지 품위 있으면서도 재미있게 들려주고는 다가오는 봄에 관한 시를 인용하는 것으로 말을 맺었다.

"여러분, 고마워요." 니콜이 말했다. "정말 감사해요. 함께 해 주셔서 정말 즐거웠어요. 이제 거실로 가서 커피 한 잔 하고 코냑을 좀 들어요. 플로랑스가 인테리어에 대해 뭐라고 할지 궁금하네요. 잠깐만요. 조금만 기다려 주세요. 스포트라이트를 켤게요."

"앙리." 플로가 속삭였다. "괜찮아? 내가 너무 말이 없나?"

"좋아. 다 괜찮아. 플로, 나한테는 중요한 일이라는 걸 기억해 줘."

그녀는 그에게서 팔을 빼고 말했다. "알지, 알지. 정말 중요하다고. 당신들은 커다란 건물들을 짓고 있으니까."

니콜이 돌아왔다. 그녀는 정원 조명을 제대로 설치해야 하는데 아직 제대로 손보지 못했다고 말했다. 그러니까 실내로 들어와도 신경을 쓰지 말라고.

플로가 물었다. "뭐가 들어온다고요? 언제요?"

"좋네요. 정말 좋아요. 저번에 다녀간 후로 정말 많이 바뀌었어요." 앙리가 말했다.

유리 벽을 통해 사각 잔디밭이 보였다. 잔디밭은 담으로 둘러싸였고 작열하는 벵골 불꽃[28]이 비추고 있었다.

"앙리." 플로가 속삭였다. "주머니 안에……."

그는 그녀에게 선글라스를 건넸다.

니콜은 데샹 씨 이야기를 했다. 그의 인테리어는 독창적이면서도 절제되었고, 고가이지만 완벽하다고. "지나친 게 하나도 없이 모든 것이 깔끔하고, 비어 있으면서 제자리에 있어요. 라일락의 연보라색과 낙엽 색깔이 배경에서 반복되는 걸보세요. 훌륭하지요? 특히 시든 꽃들이요."

플로는 갑자기 눈을 고정시키기가 힘들었고 너무나 빨리

---

28 Bengal light. 무대 조명이나 해난 신호용으로 쓰는 청백색의 지속성 불꽃. 혹은 이를 이용한 조명.

말하는 니콜을 따라갈 수 없었다. 그래서 조심스럽게 물었다. "그런데 죽은 꽃들은 왜요? 뭐가 반복된다고요?"

니콜은 까르르 웃었다. "죽은 꽃이라고요? 플로, 나머지는 다 살아 있는 식물이라고 생각한 거예요? 앙리, 코냑 드실래요?"

"고맙지만 저는 괜찮아요. 차를 가지고 왔습니다."

"플로랑스는요? 조금만 들죠?"

"네, 주세요. 굳이 조금일 필요도 없어요." 플로는 천천히 말을 이었다. "이해가 안 되는 건……."

앙리가 끼어들었다. "미셸이 집에 없어서 정말 아쉽네요."

"맞아요. 그렇죠? 하지만 올 수 있도록 노력해 보겠다고 했어요. 그의 수많은 회의들이 얼마나 지겨운지 몰라요! 언제나 회의, 회의, 회의……."

"물론이죠, 니콜. 잘 알아요. 하지만 미셸은 책임감이 있는 사람이니까."

플로가 반복했다. "이유를 모르겠어요. 왜 그랬을까……."

"플로." 앙리가 말했다. 하지만 그녀는 흥분해서 계속했다. "왜냐니까! 이유 없이 가서 목을 매지는 않잖아!" 그녀는 잔을 비우고 니콜을 똑바로 바라보았다.

니콜은 어깨만 으쓱하고 잠깐 앙리를 보더니 눈을 피했다.

"미안해요. 하지만 그 일 이야기를 해야겠어요. 우리는 그에게 무슨 일이 일어났는지 이해해야 하잖아요. 안 그래요? 우리가 그에게 귀를 기울이지 않았을 때 그가 했던 말들이 무슨 뜻이었는지요. 앙리, 우리는 듣지 않았지만 그건 중요한 얘기였어."

니콜은 숨을 깊이 들이쉬더니 말했다. "그 집 아이들의 체육 선생님이었지요? 사건 이야기를 들었어요. 정말 슬픈 일이에요. 하지만 우리는 거의 모르는 사람이었잖아요?"

플로는 듣지 않았다. 머리카락에 덮인 어두운 얼굴로 내려다보며 그녀는 기억을 더듬었다. "우리는 이런저런 일들을 놓쳐 버리는데, 사실은 그게 중요하다고…… 아니, 잠깐만요. 그 사람 생각에는 우리가 살아 있을 때 늘…… 그러다가 너무 늦었다고? 앙리? 무슨 일이 그렇게 중요했지?"

앙리는 니콜을 향하고는 급하게 설명했다. "그는 반대 서명 리스트를 들고 돌아다녔지요, 알죠? 그리고 학부모들의 서명을 받으려고 했어요."

"그래요. 그런 거죠."

플로는 똑바로 일어나 앉아서 말했다. "그런데 우리는 서명을 안 했죠!"

"사랑하는 플로랑스, 그런 건 조심해야 해요. 모르잖아요. 그런 사람들은 늘 뭔가 말하는 것과는 다른 의도가 있고, 거기 말려들 수 있으니까요. 미셸하고 저는 대부분의 사람들보다 훨씬 잘 알죠. 정치적인 문제일 수 있어요."

"아니에요. 숲 문제였어요."

"플로, 그건 이 사건과 관계없잖아."

전화가 울렸고, 니콜은 급히 일어났다. 그녀가 자리를 뜨자 플로가 물었다. "그 사람이 목을 매단 일 말이지?"

"플로, 제발 부탁인데 그만 좀 해, 지금은."

집주인이 돌아왔다. "잘못 걸린 전화였어요. 미셸인 줄 알았는데. 커피 안 마셨네요? 따뜻하게 새 커피를 따라 드릴까요?"

"커피라." 앙리가 외쳤다. "왜 요즘은 사람들이 보온병을 안 쓰죠? 전에 미셸과 내가 낚시를 다닐 때는 정말 즐거웠는데……."

플로는 다시 말을 반복했다. "이 사건과 관계없다는 건 무슨 말이야?"

"아무것도 아니야. 믿어 줘. 아무것도 아니라니까. 그건 숲과 아무 관계가 없어."

니콜은 정원으로 나가는 유리문을 열었다. 비가 떨어지기 시작했다. 그녀는 문에 서서 따뜻하고 습한 밤공기를 들이마셨다. 이제 미셸이 와서 좀 도와주었으면 하고 생각했다. 그리고 그의 사업 친구들이 늘 부인들을 데리고 다니지 않았으면 했다. 크고 아름다운 니콜은 자신이 이루어 놓은 편안함과 아늑함이 방해를 받지 않았으면, 밖에서 요동치는 사악함과 이해할 수 없는 일들로부터 가능한 한 영향받지 않는 삶을 누렸으면 하고 바랐다. 왜 그냥 즐거운 일에 대해 이야기를 할 수 없는 걸까? 어려운 일도 아닌데.

"숲 말이죠." 그녀가 말을 하며 코냑병을 슬쩍 밀었다. "저는 언제나 숲에 매료되었어요. 미셸하고 저는 한번 덴마크 숲에서 일주일 내내 머무른 적이 있지요. 너도밤나무 숲은 놀라워요! 그때도 봄이었지요. 정말 믿을 수 없는 광경이었어요. 앙리, 시가를 피워 보시겠어요?"

"아니요. 그런데 이거 봐. 이건 미셸이랑 내가 전에 피우던 시가랑 같네!"

둘은 서로 미소를 지었다.

"이 시가 냄새가 마음에 들어요. 급한 일 없이 느긋한 느낌이 들거든요." 플로가 말했다.

"정말이에요." 니콜이 다행이다 싶어 외쳤다. "담배하고는 완전히 다르지요. 미네랄 워터 좀 드려요?"

"아니, 괜찮아요." 플로는 아름다운 집주인 니콜을 바라보 았는데, 갑자기 그녀가 친절하고 솔직하게 느껴졌다. 그래서 그녀의 손을 조심스레 만지며 마음을 열고 말했다. "니콜, 어 쩌면 이해해 줄지도 모르겠네요. 계속 그 생각만 나요. 우리가 서명하지 않은 게 그에게 잘못한 일이라는 생각이 들어요."

전화가 다시 울렸고, 또 잘못 걸린 전화였다. 니콜은 귀찮 음을 겉으로 드러내며 돌아왔다.

"자, 플로랑스." 그녀가 말했다. "무슨 차이가 있었겠어요? 당신 양심이 좀 편했을 수는 있겠지요. 그런데 죄책감을 느낀 다는 게 얼마나 가식적인 일인지 생각해 봤어요? 전에 읽었는 데, 누군가가 죽으면 사람들은 그에게 친절했건 아니건 양심 에 가책을 느낀대요. 그건 원래 그런 거니까 심각하게 여길 필 요가 없어요. 그 집 아이들은 양심에 가책을 느끼나요? 아니 죠. 아마 밖에 나가서 공을 차거나 뭐 그러겠지요."

다들 말이 없었다.

"잠깐." 앙리가 말했다. "내 말 좀 들어 봐요. 두 사람 다. 그의 학생들은 곳곳에서 철조망을 잘랐어요. 우리 아이들도 요."

"그랬어?" 플로가 외쳤다. "잘했네! 어떻게 했을까?"

"아마 펜치로? 이 사실이 당신에겐 위로가 되겠지."

플로는 웃었다. "그거 보세요. 니콜, 아이들은 그 일을 진 지하게 여겼어요. 존경심을 증명하기 위해 그렇게 한 거겠지 요? 아이들은 어깨나 으쓱하고 그냥 슬픈 사건 하나로 털어 버리지 않았다고요."

니콜의 얼굴이 천천히 붉어졌다. "무슨 시험 이야기가 있었어요." 그녀가 말했다. "그 사람들이 진짜로 시험을 본다는 게 가당키나 해요? 평범한 체육 교사가요? 그런데 성공하지 못해서 그렇게 절망을 하고……. 아이고, 시험에선 뭘 해야 하죠?"

앙리는 아주 간단하게 말했다. "밧줄 타기죠. 정교사가 되려면."

"그런데 못 했어요?"

"그렇죠. 해마다 시도했지만."

"그래서 목을 매달았다고요. 밧줄을 사용했겠죠? 나이가 너무 많았나요? 아니면 너무 살이 쪘나요?"

플로는 테이블에서 일어났다. "저는 자신이 노력하고 원하는 바를 그렇게 진지하게 여겨서 목숨까지 바칠 수 있는 사람이라고는 그 사람밖에 본 적이 없어요! 그런데 아무도 그를 돕지 않았다고요!"

니콜은 정말로 언짢아져서 내뱉었다. "아니, 그럼 자기 힘으로 밧줄을 탔어야죠."

"니콜." 앙리가 주의를 주듯이 말했다.

잠시 침묵이 흘렀고, 담 너머에서 달리는 자동차들의 소리만 들렸다. 플로는 다시 앉았다.

"플로랑스." 니콜이 말했다. "우울한 경험을 하셨다는 건 알겠어요. 잘 이해해요. 모두 다요. 하지만 당신이 리스트에 이름을 올렸다고 해서 그에게 위로가 되었을까요? 생각해 봐요."

"모르죠. 위로가 필요한 건 어쩌면 저였는지도 모르겠어요……. 하지만 저는 그에게 귀를 기울이지 않았어요. 그는 우리가 불행한데 그걸 알지도 못한다고 말했어요. 그러니까 나아질 수도 없다고…… 모든 게 단순할 수도 있다고요. 앙리? 뭐가 그렇게 단순하다는 걸까? 자연에 관한 것이었을까?"

"녹색 물결은 옛날에 끝났어요." 니콜이 말을 시작했지만 플로가 흥분해서 잘랐다. "녹색이라고요? 당신은 그게 무슨 말인지도 몰라요! 그리고 이 집에는 녹색이라고 할 만한 건 아무것도 없네요. 심지어 풀도 제대로 된 초록색이 아니에요. 그저 인테리어를 하는 사람들이 고상하게 선택한 색깔들이 죠! 아니, 아무 말도 하지 말아요. 제가 지금 적절하지 않게 행동하고 있는 건 저도 아니까요! 내 안경은 어디 갔지? 그거 말고, 오던 길에 쓰고 있던 거!"

앙리는 그녀에게 안경을 건네며 말했다. "니콜, 우리는 정말로 집에 가야 할 것 같아요."

"정말 가려고요? 밤참으로 샌드위치를 좀 하려고 했는데요."

"다음번에요. 그땐 아이들도 올 테니까요."

"그럼요, 물론이죠. 아이들은 어떻게 받아들여요?"

"괜찮아요. 그냥 괜찮아요."

"니콜." 플로가 말했다. "제가 많이 지나쳤죠. 알아요, 용서할 수 없는 일이죠. 하지만 그를 만났으면 이해하실지도 몰라요. 그는 어떤 면에서 정말 순수했어요. 깨어 있는 사람이었죠. 모든 면으로 깨어 있었고, 용기를 낼 수 있었어요. 지금도 저는, 그런 사람이 없으면 우리 같은 사람들이 어떻게 뭔가를 이룰 수 있을까 그런 생각이 들어요……."

"친애하는 플로랑스. 당신은 지금 좀 흥분했네요. 그런데 사람들을 두렵고 불안하게 하고, 숲에서 타잔 놀이를 하며 세상 모든 게 엄청 단순하고 행복할 수 있다고 말하고는 밧줄을 못 탄다고 가서 목을 매는 건 쉬운 일이에요! 그건 기만이죠. 전 그렇게 생각해요. 그리고 불행하면서도 그런 줄 모른다니, 그게 대체 무슨 말이에요! 불행한 줄 모르면 불행하지 않은 거죠!"

"당연히 그럴 수 있죠!" 플로가 외쳤다. "그리고 그는 아무도 속이지 않았어요. 우리가 그를 속였죠!"

그녀는 코냑을 가져다가 잔에 부었다. "나도 뭔가가 나에게 목숨을 걸 만큼 중요했으면 좋겠네!" 그러고는 유리문을 통해 밖으로 나갔다.

전화가 울렸다. 매우 지친 앙리는 기다렸다. 니콜이 돌아왔다. 미셸이었다. "인사 전해 달라고, 가능한 한 빨리 온대요. 조금 더 있다 가실 수 있지요? 샌드위치만이라도 좀…… 그냥 가시면 미셸이 실망할 거예요."

"니콜, 정말 미안해요. 하지만 우리는 정말 가야 해요."

둘 다 정원을 내다보았다. 플로는 보이지 않았다.

앙리가 말했다. "조금은 기다릴 수 있겠죠."

"비가 온 것 같진 않네요." 니콜이 말했다. "밖에 조각을 하나 세우려고 해요. 목양신이나 아니면 물고기를 든 소년 같은 거요."

"전 물고기가 좋을 것 같네요."

"그래요? 가운데에 세울 거예요. 덤불은 지저분해 보여서 치웠지요. 정글 속에서 살 수는 없잖아요, 안 그래요?"

"그렇죠." 앙리가 말했다.

"전에는 담 바깥에 나무가 있어서 커피 마시는 자리에 그늘이 졌었어요."

"그랬군요." 앙리가 말했다. "나가서 바람 좀 쐴까요?"

플로는 몸이 좋지 않았다. 안경이 어딘가 맞지 않았고, 사각 잔디밭을 둘러싼 벽이 다른 세상처럼 보였다. 사방에서 그녀를 조여 오는 것 같았다. 담 꼭대기에는 사면을 둘러 유리 조각이 박혀 있었다. 그녀는 안경을 벽돌이 깔린 그릴 옆 바닥에 떨어뜨렸다.

"니콜! 여기 담 위에 박을 유리 조각이 더 있어요. 정말 흉측하고 망측한 담이네요." 플로는 니콜에게 바짝 붙어서 계속 말했다. "만약에 어떤 사람이, 그러니까 그냥 어떤 사람이 펄쩍 뛰어 저 담을 넘어서 날아 들어온다면, 우리보다 백 배 지혜롭고 가슴 따뜻한 사람이 어디에선가 나타나서 깃털처럼 가볍고 자유롭게 저기 서서 모든 것을 꿰뚫어 본다면 뭐라고 하겠어요?"

니콜은 아주 낮은 목소리로 냉정하게 대답했다. "칡덩굴에 매달려서 올까요? 아니면 밧줄을 타고? 플로랑스, 당신의 의도가 무엇인지 모르겠네요. 무슨 타잔이나 예수, 아니면 당신의 훌륭한 체육 교사를 마음에 두고 하시는 말씀이신가요?"

"모두 다요!" 플로가 외쳤다. "모두 다지만, 그가 와도 여러분은 못 알아보고, 맞아들이지도 않을 거예요. 뻔해요." 그녀는 몸을 잔디밭으로 던지고 머리를 팔에 묻었다.

앙리는 말했다. "니콜, 미안해요."

"그럴 필요 없어요. 저는 쉽게 잊으니까요. 손님방에서 묵고 가면 어때요? 정말 괜찮아요."

"정말 고마워요. 하지만 집에 가야 해요. 조금만 있다가 갈게요."

"하지만 저렇게 땅에 누워 있을 수는 없잖아요. 풀이 온통 축축한데……."

"자게 내버려 두세요." 그는 조심스레 니콜의 어깨를 잡고
는 말했다. "니콜, 당신은 미셸에게 가장 훌륭한 아내예요. 두
분은 서로 잘 맞아요. 플로하고 저도 잘 맞지요. 잠깐 말하지
말고 가만 앉아 있어 볼까요? 아니, 아무 말도 하지 마세요. 그
냥 말없이 있어 봐요."

둘은 밖에 있는 그릴 옆 의자에 앉았다. 밤은 이른 봄에 보
기 드물게 따뜻했다. 지나가는 자동차 소리만 들렸다. 그녀는
의자 등받이에 기대고 눈을 감았다. "앙리, 그거 알아요? 밤에
정말 아무 소리도 안 들리면 좀 무서운 생각이 들어요."

"그래요?"

"네, 좀 두렵죠. 위협적이고요. 여기는 보통 늘 사람들이
있지요. 미셸은 아는 사람도 많아요. 하지만 그 사람들이 떠나
고 나서 미셸도 잠이 들면, 밤새도록 지나가는 차 소리밖에는
들리는 게 없어요. 몇 시간 동안 차 한 대 안 지나갈 때도 있고
요. 아시겠어요? 그럼 정말 아무 소리도 안 나요."

앙리는 미셸의 시가 하나에 불을 붙였다.

그녀는 말을 계속했다. "저기 밖에 있는 나무는 그림자가
져요."

"네, 저 나무요."

"한 소년이 저 나무에 올라갔어요. 우리 집도 하수도가 막
혔는지 알아보라고 이웃 사람들이 그를 보낸 거예요. 그런데
그는 초인종을 울리는 대신 밧줄을 타고 담을 넘었어요."

앙리는 "타잔 놀이를 했네요……."라고 말하다가 갑자기
그만두었다. "갈 때도 같은 방법으로 나갔나요?"

"확인 안 했어요."

플로는 잔디밭에 똑바로 앉아 물었다. "그런데 하수도는

막혔었나요? 아니었나요? 니콜, 아주 즐거운 저녁이었어요.
우리는 괜찮아요. 당신도 괜찮아요. 우린 다 괜찮은 사람들이
에요." 그녀는 일어나서 집 안으로 들어갔다.

"니콜." 앙리가 말했다. 그는 단어를 찾았고, 그녀는 바로
도움을 주었다. "고마워할 거 없어요! 와 주셔서 정말 즐거웠
어요. 언제 미셸이 집에 있을 때 꼭 다시 오세요. 물건 다 챙기
셨어요? 잊은 것 없어요?" 그녀의 크고 푸른 눈은 언제나처럼
아름다웠고, 불쾌한 그림자라고는 없었다. 그녀는 덧붙였다.
"아시죠. 다 바로 잊어버릴 거예요."

플로는 차에서 잠이 들었다. 한 시간 후에 깨어난 그녀가
물었다. "니콜에게 편지를 써야 할까?"

"아니, 아닐 거 같아. 쉽게 잊어버리는 사람을 굳이 건드
릴 필요는 없지."

"당신은 화나지 않았어? 다시는 나를 그 집에 데리고 가
지 못할 거야."

"못 가긴. 오히려 빨리 방문할수록 좋지."

그녀는 한동안 그를 바라보다가 다시 앞을 똑바로 바라보
았다. 비가 오기 시작해서 아스팔트가 반짝거렸다. 반쯤 열린
자동차 창문으로 젖은 풀 냄새가 들어왔다.

잠시 후 앙리는 그가 어렸을 때 나무에 올라간 이야기를
했다. 하지만 그는 내려올 용기가 나지 않아서 하루 종일 그
나무 위에 있었다.

"정말 끔찍하게 두려웠어." 그가 말했다. "그리고 제일 두
려웠던 건 사람들이 나를 비웃는 거였지."

"그래서 사람들이 당신을 구해 줬어?"

"아니, 내가 스스로 내려왔지. 무서워서 막 울면서. 그러

고는 바로 다시 올라갔어."

"응." 플로가 말했다. "이해해."

밤이라 길에 차가 별로 없었다. 앙리는 한 대씩 달려 지나 가며 고립감을 점점 더 커지게 하는 자동차 소리를 누워서 듣 는 니콜을 상상했다. '훌륭한 여자야.' 그가 생각했다. '아마 같이 살기 편하겠지. 나는 까다로운 여자랑 살고 있지. 그래도 다 괜찮아.'

그들이 사는 도시에 거의 다다랐을 때, 그는 지나가는 말 처럼 한마디 했다. "불행하면서도 모른다고?"

"그것도 별로 나쁘지 않을 거야." 플로가 대답했다. "적어 도 그걸 알고 있으면 나쁘지는 않을 거 같아."

아이들은 이미 자러 간 뒤였다. 앙리는 알람을 맞추고 다 음 날 일하는 데 필요한 서류들을 챙겼다. 플로는 흙과 잔디로 얼룩진 옷을 욕조에 담갔다.

갈매기들

그는 짐을 다시 풀었다. 세 번째였다.

"아르네, 아르네." 엘사가 말했다. "리스트를 기껏 만들어 놓고 그걸 못 믿는다면 우리는 영원히 떠나지 못할 거야. 몇 주일이나 걸려서 만든 거잖아!"

"알아, 알아. 흥분하지 말고. 작은 거 몇 가지만 좀 확인하려고……." 그의 마른 얼굴은 공포로 일그러졌고, 손은 다시 떨리기 시작했다.

그는 다시 좋아질 것이다.

"건강해질 겁니다." 의사가 말했다. "아무 생각 없이 한 달을 여유롭게 지내면 말이지요. 과로예요. 학교가 문제죠……."

"엘사? 몇 시지? 교장한테 전화 걸기에는 너무 늦었을까? 설명 좀 하려고, 다 분명하게, 그러니까 자세하게 설명하려고."

"아니, 또 전화하지 마. 필요 없는 일이야. 생각도 하지 마."

당연히 그는 쉬지 않고 생각을 했다. 하지만 학교 측에서는 그의 사직은 글자 그대로 받아들일 일이 아니며, 건강만 좋아지면 학교 쪽에서 먼저 그를 다시 찾으리라는 사실을 알고 있었다…….

아르네는 아내를 향해, 반복적으로 하는 말들이 흔히 품고 있는 피곤함과 강렬함을 풍기며 구시렁댔다. "얼어 죽을 학교. 얼어 죽을 학생 놈들."

그녀는 말했다. "당신은 훨씬 큰 애들을 가르쳐야 해. 여기 애들은 너무 어려서 아무것도 모르지. 하지만 이해를…….

"뭐? 이해를 해? 세상 무서울 게 없는 그 악마 같은 짐승들을 인정해야 한다고? 들어 봐. 내 일을 다 망치고 인생을 지옥같이 만드는 것들…….

"아르네, 그만해! 진정하라고!"

"바로 그 말이지. 진정하라고. 훌륭해. 나를 진정시키려는 사람들만큼 날 화나게 하는 건 정말 없다니까!"

엘사는 웃기 시작했다. 그녀의 긴장은 갑작스러운 웃음과 함께 사라졌고, 그러다 보니 그녀는 갑자기 아름다워 보였다.

그는 외쳤다. "바보 같으니! 이 바보 같은 여자야!" 화를 내며 그는 바닥에 가방을 쏟아 버리고, 등을 돌리고 손으로 얼굴을 가렸다.

엘사는 아주 조용히 말했다. "미안해. 이리 와."

그는 그녀가 앉아 있는 데로 와서 머리를 품에 얹고 말했다. "앞으로 어떻게 될지 얘기해 줘."

"우리는 점점 목적지에 가까워질 거야. 아빠의 배는 아주 작지만 탄탄해. 우리는 신혼여행을 가는 거지. 당신은 배 앞쪽에 앉아 있고, 이 섬들은 처음이야. 섬 사이를 계속해서 지나가는데, 당신은 생각하지. 여기가 거긴가? 아니네, 아직 한참 더 가야 되네. 그리고 수평선의 그림자 하나에 불과하던 섬으로까지 가는 거야. 그리고 우리가 섬에 상륙하면 그건 아빠의 섬이 아니고, 우리의 섬이 되는 거야. 몇 주일 동안. 그리고 도시와 다른 많은 것들은 아주 멀리 사라져 버리고, 결국 아무것도 우리와는 상관없게 돼. 모든 것이 여유롭지. 봄이 되면 밤이나 낮이나 바람이 없고 소리도 없고, 어떤 의미에서는 투명해져……. 지나가는 배도 없어. 한참 동안 없지."

그녀는 말을 마쳤고, 그가 말했다. "그다음에는?"

"일을 할 필요도 없어. 번역도 필요 없고. 우편물도, 전화도 없지. 아무것도 필요하지 않아. 책도 별로 안 읽을 거야. 낚시를 하지도, 농사도 짓지 않을 거고. 뭔가 하고 싶은 마음이 생길 때까지 그냥 기다릴 거고, 하고 싶은 게 없으면 그냥 아무것도 안 할 거야."

"뭔가가 하고 싶어지면?" 그는 늘 하는 이 질문을 했고, 그녀는 대답했다. "그럼 놀지. 뭔가 완전 쓸데없는 걸 하고 놀 거야."

"자기는 섬에서 보통 뭘 하고 노는데?"

그녀는 웃으며 대답했다. "새들하고 놀지."

그는 바로 앉아서 그녀를 바라보았다.

"그래, 새들하고 논다고. 바닷새들. 겨울 내내 새들을 위해 마른 빵을 모아. 그리고 봄에 거기에 가면 나는 휘파람을 불고, 새들은 나를 다시 알아보지. 온통 하얀 날개로 덮이고, 새들은 날면서 내 손에서 빵을 채어 가. 그것보다 아름다운 놀이는 상상할 수 없어."

두 사람은 일어났다. 엘사는 팔을 들고 커다란 갈매기가 어떻게 그녀에게 오는지를 보여 주었고, 날개가 그녀의 뺨을 부드럽게 스칠 때, 또 차고 편편한 갈매기 발이 사람을 믿고 그녀의 손에 내려앉을 때 어떤 느낌인지를 묘사했다. 어느 순간 그녀는 그에게 설명하는 것이 아니라 자신에게 말하고 있었다. 그녀는 자신의 갈매기, 봄마다 와서 부리로 창을 두드리는 카시미르라는 갈매기 이야기를 했다.

"이름 한번 거창하네." 아르네가 말했다.

"그렇지?" 엘사는 팔로 그를 감싸고 그의 얼굴을 올려보았다. "어때, 이제 자러 갈까?"

"그래, 그런데 요새는 정말 잠을 깊이 못 자겠어. 그래서 당신에게 방해가 될까 봐 걱정이 돼. 주스를 들여갈까, 물을 들여갈까?"

"물." 엘사가 말했다.

둘은 저녁이 되어서야 출발했다. 석양의 따뜻한 햇볕이 아직도 바다와 하늘에 남아 있었다. 매우 여유롭고, 말로 표현할 수 없이 아름다웠다. 큰 섬들은 이미 지나쳐서, 이제 어디인지 보이지도 않는 수평선을 가끔씩 끊는 것이라고는 아주 나지막한 섬들뿐이었다. 아르네는 앞에 앉아서 때로 뒤를 돌아보았고, 둘은 미소 지었다. 그녀는 멀리서 줄을 지어 북쪽으로 가는 철새들을 가리켰고, 물에 비친 그림자 바로 위로 번개처럼 날갯짓을 하며 날아가는 긴꼬리오리들을 보며 외쳤다. "환영위원회네!" 하지만 모터 소리 때문에 그에게는 들리지 않았다.

도착했다. 구름 같은 물새 떼가 저녁 하늘에 분필 가루처럼 희게 날아올랐다. 수백 마리는 되는 것 같았다. 구명 로프를 손에 든 아르네는 빙빙 도는 새들을 올려다보았다.

"새들은 진정할 거야." 엘사가 말했다. "하지만 지금이 둥지를 틀 때니까 그건 신경을 써야지. 집 바로 근처에 둥지가 있으면 조심해야 해."

둘은 배를 잡아매고 짐을 내렸다. 그녀는 그에게 문을 열도록 열쇠를 주었다. 집 안에는 창문이 네 개 있는 작은 방이 하나 있었다. 집 안에는 축축한 냉기가 가득했다. 어느 창으로 내다보아도 수평선이 사라진 바다만 보였다.

"이건 현실이 아니야." 아르네가 말했다. "산꼭대기에 올라가거나 풍선에 앉은 것 같네. 오늘은 잘 수 있을 거 같아. 어때, 짐은 내일 풀어도 되겠지? 그리고 등은 안 켜도 되겠지? 난방을 해야 할까?"

"아니, 아무것도 할 필요 없어." 엘사가 대답했다. "이대로 다 좋아."

새들은 해가 뜨기 전부터 울기 시작했다. 마치 수천 마리의 성난 새들이 흥분해서 발작을 일으키며 쇠로 된 지붕을 발로 두드리는 것 같았다. 새들은 사방에서 집을 둘러싸고 있는 듯 보였다.

아르네는 엘사를 깨우고 물었다. "왜 저래?"

"아침엔 원래 늘 그래." 그녀가 대답했다. "한 마리가 울기 시작하면 다른 새들도 계속 그러는데, 좀 있으면 다 조용해져. 좀 더 잘까?" 그녀는 그의 손을 잡고 바로 다시 잠이 들었다.

새들은 계속 울었다. 그는 다시 엄습해 오는 낯익은 공포, 소음과 통제되지 않는 것에 대한 공포를 무시하려고 애썼다. 그는 이 밤이 얼마나 완벽했는가 하는 기억 속으로 도피했고, 다시 떠오른 보호받고 싶은 갈망에 집중했다. 새들은 더 이상 중요하지 않았다.

해가 떠오르자 방 전체가 분홍과 오렌지색으로 물들었다. 밖은 아주 조용했다.

'여유를 좀 배우자.' 그가 생각했다. '나도 배울 수 있어.'

그들은 모닝커피를 마셨다.

갑자기 창을 두드리는 소리가 났다. 엘사가 벌떡 일어나 외쳤다. "카시미르야! 카시미르가 돌아왔네!"

창 바로 바깥에는 커다란 갈매기가 있었다. 갈매기는 급해 보였다.

아르네가 말했다. "커피 더 있어?"

"데워 줄게…… 잠깐만……." 마른 빵을 얼른 적시고 마른 치즈 껍질도 적당하게 작게 잘라서 계단에 내놓고, 엘사는 새를 부를 때 늘 하는 대로 휘파람을 불고 아름다운 둥근 팔로 접시를 들었다. 카시미르는 다가와서 먹으며 그녀 손에 앉았다.

"이거 봐!" 그녀가 외쳤다. "나를 기억하네!"

아르네가 물었다. "갈매기는 몇 년이나 살아?"

"오래 살면 사십 년."

"그런데 늘 돌아온다고?"

"그렇지."

솜털오리를 발견한 것은 아르네였다. 오리는 계단 옆 덤불 아래의 둥지에 앉아 있었고, 밤색과 회색의 봄 들판과 거의 구별되지 않았다.

"좋은 징조야." 엘사가 진지하게 말했다. "우리가 왔는데도 날아가지 않은 것 좀 봐……. 이제 새끼들이 알을 까고 나올 때까지 여기 머무르겠지. 기쁜 일 아니야?"

아르네는 솜털오리에 사로잡혀 들여다보았다. 갸름한 새의 얼굴은 참을성과 지혜의 상징처럼 보였다. 오리는 전혀 움직이지 않고 조용히 있었다.

그는 말했다. "솜털오리 처음 봐. 여기 계단에 좀 앉아 있을래."

"그래. 나는 짐을 풀게."

아르네는 꼼짝도 안 하는 새를 오래 앉아 바라보았다. 새는 아무것도 두려워할 필요가 없다는 걸 알 만큼 영리한 듯했다.

그는 새를 살금살금 지나쳐 섬을 가로질렀다. 항로 표지가 있는 곳까지 왔을 때 새들이 달려들었다. 소리를 지르는 성난 새 떼가 그에게 곤두박질쳤고, 내리박기를 그치지 않았다. 새들은 폭격기처럼 똑바로 공격했고, 그는 놀라서 뒷걸음치고 겁에 질려 팔을 휘둘렀다. 날개들이 마치 번개처럼 그의 머리를 쳤고, 갑자기 쪼기까지 했다. 잽싸게 잠깐 쪼고 갔다. 그는 바위 위에 몸을 웅크렸고, 얼굴을 팔로 가리고 외쳤다. "엘사! 엘사!"

그녀는 달려오며 외쳤다. "거기는 둥지야! 이쪽에는 둥지가 엄청 많아. 내가 미리 말을 했어야 했는데……."

둘은 다시 집으로 돌아왔다. 그는 침대에 몸을 던지고 벽을 뚫어지게 바라보았다.

"미안해." 그녀가 말했다. "해마다 이때면 많이 공격적이 돼. 그리고 수가 많이 늘어서…… 그리고 사람이 저항을 하면 상황은 더 나빠지지……."

"알아. 학급마다 애들도 너무 많지. 그 악마 같은 학급마다. 그리고 저항을 하면 상황은 더 나빠지지. 말도 마. 잘래."

저녁 무렵에 그는 솜털오리를 보러 나갔다. 갈매기 두 마리가 가까운 언덕 위에서 이상한 연극을 하고 있었다. 짧고 굵게 몇 번을 이어서 울고 날개를 힘차게 치더니 수컷이 암컷을 에워쌌다.

아르네는 다시 안으로 들어왔다. "야만적이네." 그가 말했다. "역겨워."

"그렇게 생각해? 나는 아름답다고 생각하는데. 야채수프를 먹을까, 아니면 닭고기를 먹을까?"

"맘대로 해. 그게 그거니까."

엘사는 깬 채로 누워서 긴꼬리오리가 우는 소리를 들었다. 그녀는 그에게 신비로운 오리 이야기를 하고 싶었고 오리들이 멀리 바다에서 서로를 유혹하는 소리를 들려주고 싶었지만, 낮에 겪은 일 이후로는 새 이야기를 할 엄두가 나지 않았다. 그는 다시 손을 떨기 시작했고, 여러 날 동안 집 밖으로 나가지 않았다. 계단까지만 가서 앉아 솜털오리를 바라보았고, 한번은 말했다. "오리는 세상만사에 만족한 것처럼 보이지 않아?" 그리고 새끼들이 언제 알에서 나올지 물었다.

카시미르는 엘사에게 골칫거리가 되었다. 더 이상 새가 유리창을 쪼아서는 곤란했다. 그녀는 카시미르가 늘 올라섰던 박스를 치워 버렸고, 모이통도 숨겼다. 하지만 그녀가 걸으면 커다란 날개가 따라왔고, 울부짖으며 애원하는 듯이 삑삑거리는 소리가 뒤따랐다. 아르네는 그 모습을 보고 한마디씩 비꼬는 소리를 했다. 결국 그녀는 밖으로 나가는 일을 피하였고, 그가 글을 읽거나 잠을 잘 때만 급히 바깥일을 보았으며, 카시미르의 모이를 언덕에 던져 주고는 슬그머니 들어왔다. 둘은 서먹서먹해졌고, 일상의 무해한 작은 일들에 대해서만 대화를 했다.

어느 날 밤, 바람이 바뀌어 북동풍이 되었다. 엘사는 늘 그러듯이 바람이 바뀔 때 잠이 깨어 보트를 내다보러 창으로 갔다.

"아르네." 그녀가 말했다. "배가 불안정하네. 밧줄이 당겨

지고 있어."

바닷가로 내려간 그녀는 무엇을 해야 하는지를 살짝살짝 조금씩만 설명했고, 그는 잠시 시간을 들여 밧줄을 꽤 괜찮게 묶었다.

아침이 되자 아르네는 꽤 즐거운 모습이었다. 그런 모습은 오랜만이었다. 마음이 좀 풀린 것 같아 천만다행이었다. 언제나처럼 그는 장미 덤불 속에서 자고 있는 오리를 보러 갔다.

"자고 있네." 그가 말했다. "잎이 나면 좀 더 보호가 되겠지. 안 그래?"

"물론이지." 엘사가 대답했다. "그럼 훨씬 좋지. 바닷가로 좀 내려가서 땔감을 찾을까? 집에는 불을 붙일 부지깽이가 다 떨어졌는데, 그럼 큰 장작에 불을 붙일 수가 없어."

"그건 내가 해결하지." 아르네가 말했다. "가서 부지깽이를 쪼개어 줄게. 힘든 일도 아니야. 시간도 얼마 안 걸리고."

그녀는 그가 가도록 내버려 두었고, 해마다 장작 옆에 둥지를 트는 갈매기를 잊어버렸다. 시간이 좀 지나고 나서야 그 생각이 나서 그더러 돌아오라고 불렀지만 때는 이미 늦었고, 그가 손에 도끼를 들고 나타났다. 그는 몸을 침대에 던지며 말했다. "알이 세 개였어."

"무슨 말이야……."

"알이 세 개라고. 바다에 던져 버렸지. 둥지도 같이." 그는 잠시 침묵하더니 말을 이었다. "둥지는 물에 떠밀려 갔어. 하지만 알들은 돌처럼 바다로 가라앉았지. 똑바로 바닷속으로."

엘사는 서서 돌아선 그의 등을 바라보았다. 새둥주리에서 알을 뺏으면 새가 둥지를 새로 만들고 바로 그 자리에 새 알을 낳는다는 말은 더 이상 하고 싶지도 않았다. 그녀는 장작이 있는 곳으로 내려가 범죄 현장을 발견하고 돌멩이로 메웠다. 그러고는 갈매기가 돌아올 때까지 숨어서 기다렸다. 갈매기는 돌멩이를 살펴보더니 돌 위에 앉아도 보고 다시 일어나도 보고, 주위를 배회하고, 잠시 조용히 앉아 있더니 다시 마른풀을 부리에 물어 돌 사이사이에 박기 시작했다.

"바보 같으니라고." 엘사가 낮게 말했다. "저주받은 어리석은 인간……." 목이 메어 왔고, 갑자기 아르네와 그가 상상해 낸 공포들, 그의 허황된 예민함들이 지겨워졌다. 그녀는 집으로 뛰어 들어가 그의 침대맡에 앉아 자기 알을 찾아다니는 갈매기를 자세하고 끔찍하게 묘사했다. 그는 말없이 들었고, 마지막에는 다시 등을 돌려 그녀를 바라보았다. 그는 미소를 지었다. "그럼 이제 뭐 하고 놀지? 서로 겁주기 놀이? 알 찾기 놀이? 완전 쓸데없고 재밌는 놀이를 하며 즐기자고 했잖아."

엘사는 일어났다. 그는 부엌 선반으로 가서 거칠게 움직이며 카시미르의 모이통을 준비해서는 문을 열고 휘파람을 불었다.

아르네가 외쳤다. "오리들한테 방해가 되잖아! 적어도 집의 다른 쪽에다가 갈매기 모이를 줄 수 없어?"

갈매기가 왔다. 외치는 소리는 언제나처럼 쟁쟁했고, 부드러운 날개 또한 언제나처럼 뺨을 쓰다듬고 그녀의 손을 꼭 붙들었다. 그녀는 큰 소리로 웃다가 그릇을 떨어뜨렸고, 새가 날개를 거세게 쳐도 갈매기를 양손으로 붙잡았다. 그녀가 상상한 그대로였다. 비단처럼 가벼우면서도 강한, 엄청난 생명체가 그녀의 손에 붙잡힌 것이다. 예측도 하지 않았는데 돌연 보기 드물고 강렬한 기쁨이 순간 그녀를 관통했고, 숨도 쉴 수 없었다. 그 순간 커다란 새는 그녀의 손을 벗어나, 해안을 지나 날아가 사라져 버렸다. 매우 고요했다. 엘사는 그대로 서서 돌아보지도 않았다.

아르네가 말했다. "봤어." 그의 목소리는 거리감이 있었고 딱딱했다.

그날은 따뜻하지만 흐린 날이었다. 만물이 고요하게 느껴지는 이도 저도 아닌 날씨였다.

장미 덤불에는 갑자기, 아직 덜 펴진 연두색 잎이 돋아났다. 아르네는 오리를 쳐다보지 않았지만 거기 있다는 사실을 알았다. 믿을 만한 친구였다.

최소한 라디오는 가지고 왔어야 했는데. 하지만 이들은 복된 침묵을 오래 즐기기로 했었다. 그게 계획이었다. 저녁이 가까워지자 바다에서 짙은 안개가 올라왔고, 더 깊은 침묵을 가지고 왔다. 갑자기 섬이 더 작고 비현실적으로 보였고, 사방의 창문이 두꺼운 모직으로 가려진 느낌이었다. 새들은 모두 사라진 것 같았다. 날씨 또한 오리가 새끼들을 바다로 데리고 내려가기에 딱 맞는 날씨였다.

엘사는 저녁에 마실 차를 준비했다. 둘은 각자 자기 책을 읽으면서 차를 마셨다. 그러고 나서 아르네는 계단으로 나갔다. 때를 잘 맞춘 것이었다. 그의 솜털오리가 언덕을 천천히 내려오고 새끼들이 줄지어 따라오는 모습이 보였다. 믿기지 않고 환상적이고 너무나 신기한 경험이라 그는 이걸 좀 보라고 엘사를 불렀다. 그런데 그 순간 격한 날갯짓을 하며 커다란 흰 새가 날아들어 새끼 한 마리를 잡아챘다. 손도 못 대고 경악하는 그의 바로 앞에서, 큰 새의 목 근육이 조금씩 움직임에 따라 오리 새끼가 조금씩 조금씩 목구멍 속으로 사라졌다. 아르네는 새끼 오리를 지키려고 큰 소리를 지르며 달려들어 돌을 집어 던졌다. 그는 지금껏 한 번도 똑바로 무언가를 던진 적이 없었지만 지금은 했다. 새는 날개를 펼치고 언덕으로 떨어졌다. 안개보다 흰 날개를 펼치고, 꽃처럼 떨어졌다. 오리 새끼의 다리가 아직도 입 밖으로 나와 있었다.

"엘사, 죽여 버릴 거야!" 그가 외쳤다.

아르네의 옆에 서 있던 그녀는 그의 팔을 살살 만지며 말했다. "저기 봐. 계속 가네."

엄마 오리와 새끼들은 계속 물로 내려갔다. 이제는 안개 속으로 들어가고 있었다.

그는 그녀를 향해 말했다. "무슨 일이 일어났는지 모르겠어? 내가 카시미르를 죽였어. 내가 공격해서 당신의 카시미르를 없앴다고!" 그는 매우 흥분을 해서 죽은 새의 한쪽 날개를 잡아 들고 바다로 던지러 갔다. 엘사는 서서 그를 바라보았고, 그가 잡은 것은 재갈매기라고 말하지 않기로 했다. 그리고 카시미르가 다시는 오지 않으리라는 것도.

온실

1

나이가 정말 많이 드셨을 때, 삼촌은 식물학에 관심을 가지기 시작하셨다. 함께 사는 가족은 없으셨지만, 삼촌이 잘 지내시도록 마음을 쓰던 많은 친척들은 식물도감을 선물로 드렸다. 아름다운 그림이 들어 있는 비싼 책이었다. 삼촌은 훌륭한 책이네, 하시더니 한쪽으로 치워 놓으셨다.

다른 사람들이 각자 직장이나 학교나 다른 곳으로 떠나자 삼촌은 시내로 가서 식물원으로 가는 전차를 타셨다. 가는 길은 불편했고 날씨는 정말 추웠다. 하지만 이런 고생은 기대감과 온실 문을 열 때의 온기 그리고 강하고도 부드러운 꽃향기가 쏟아지는 중요한 순간으로 충분히 보상이 되었다. 또한 침묵이 있었다. 그곳에 사람이라고는 거의 없었으므로.

삼촌은 수련이 핀 연못을 마지막까지 아껴 두었다가 늘 마지막에 거기로 가셨다. 열대 식물 사이의 좁은 길을 지나가실 때면 정글이 그를 마주하고 끌어안았지만, 삼촌은 식물을 만져 보지도 않으셨고 식물들의 이름을 읽지도 않으셨다. 가끔씩 풍성한 꽃을 직접 만져 보고 싶은 마음, 경탄하며 다가가서 그저 바라만 보기보다 직접 느끼고 싶은, 설명할 수 없는 욕구가 생길 뿐이었다. 이런 위험한 욕구는 연못, 연꽃이 심긴 못에 오면 더욱 강해졌다. 바닥은 얕았지만, 솟아나는 샘에서 계속 투명한 물이 흘렀다. 신을 벗고 바지를 걷어 올리고 물로 걸어 들어가면 어떤 느낌일까? 천천히 연꽃들과 넓은 연잎 사이로 물을 가로지르면, 그리고 꽃과 잎들이 비켜났다가 아무 일도 없었던 양 다시 모여들면 어떤 기분일까? 아주 외로울 것이다. 온실에서는 따뜻하면서도 외로우리라.

물가 가까이에 연철로 된 희고 작은 벤치가 있었다. 삼촌은 거기서 다리를 쉬게 하셨고, 점차 바깥세상의 모든 소음에서 해방되어 관조하며 이런저런 생각을 하셨다.

연못 위로는 커다란 유리 돔이 있었다. 오래전에 지어진 아름다운 돔이었다. 돔 아래의 다리는 섬세한 19세기 말 양식의 철제 아라베스크로 장식되어 있었고, 나선형 계단 역시 사람을 매혹시키는 유희적인 우아함을 지니고 있었다. 그 계단을 올라가서는 다리를 조금 걷는 척하다가 다시 내려와서 그대로 사라지는 사람들이 가끔 있었다. 이들은 늘 급했고, 수련이 핀 연못은 거의 바라보지도 않았다.

'당나귀 같은 것들.' 삼촌은 생각하셨다. '다리 힘만 좋지 머리는 없는 인간들.'

식물원 관리인은 크고 무성한 덤불 뒤에 앉아서 신문을 읽거나 뜨개질을 하곤 했다. 삼촌은 그 뜨개질을 보고 다 뭐 하자는 거냐고 묻고 싶은 마음이 몇 번 들었지만 참으셨다. 서로 존중하며 거리를 유지하는 침묵이 더 좋으셨으니까. 그들은 서로 가벼운 인사만 나누었다.

관리인이 덤불 뒤에서 나오거나 이런저런 일로 연못을 지나갈 때도 있었다. 한번은 삼촌이 집으로 가시는데 그가 지나가다가 서둘러 무거운 문을 열어 주었다. 집에서 삼촌은 친척들에게 문을 대신 열지 못하게 하셨는데, 이번만은 마땅한 존경심의 표시로 느껴져서 받아들이셨다. 삼촌은 온실의 어른, 뭐가 뭔지를 아는 유일한 분이셨던 것이다.

어느 날 삼촌이 벤치를 찾았을 때, 다른 사람이 나타났다. 벨벳 옷깃을 달고 수염을 늘어뜨린 나이 든 신사 한 분이 이미 앉아 있었다. 삼촌은 초록빛 길을 계속 걸어가셨고, 피곤할 때쯤 되어 연못으로 돌아왔지만 벤치는 아직까지도 비어 있지 않았다. 두 명이 앉기에 벤치는 너무 좁았다. 삼촌은 잠시 기다리다가 그냥 집으로 가셨다.

다음번에도 삼촌의 벤치에 같은 신사가, 이번에는 책을 한 권 가지고 앉아 있었다. 그는 연못은 바라보지도 않고 책만 읽었다. 삼촌은 정말로 화가 났고, 관리인에게 가서 지금까지 둘이 공유해 온 침묵을 깨고 말했다. "저 사람은 누구죠? 자주 오나요?"

"그래요." 관리인이 말했다. "최근에는 매일 왔지요. 정말 미안하게 됐네요."

그랬다. 삼촌이 온실에 가실 때마다 그 노인은 늘 거기, 그것도 의자 한가운데 앉아 있었다. 하지만 그 사람이 자리를 좀 내어 주더라도 불편하게 붙어 앉았어야 했으리라. 그렇게 앉아서 말 한마디 나누지 않는 건 정말 바보 같은 일이니 분명 대화를 시작했을 터다. 저 인간은 말이 많을 게 분명하다. 나이가 진짜 많아 보이니까 엄청 고독한 사람일 거고.

관리인은 다른 의자를 가져왔지만 삼촌은 거절하셨다. 삼촌은 야자나무 뒤에 서서 기다렸고, 다리는 점점 지쳐 왔다. 침입자는 일어나 주위를 돌아보지도 않았다. 그는 달라붙기라도 한 듯이 앉아서 우스꽝스러운 원형 안경을 코에 걸고 책을 읽었다. 친척들이 직장에서 돌아오기 직전, 삼촌은 분노와 실망을 안은 채 전차를 타고 집으로 오셨다.

어느 날 문제가 더 커졌다. 삼촌이 집으로 오려고 하실 때, 그 노인도 돌아가려고 동시에 일어났다. 벤치는 비었지만 때는 이미 늦었다. 삼촌은 피하려고 하셨지만 저쪽이 생각보다 발이 빨라서, 두 사람은 정확하게 동시에 바깥문에 도달하고 말았다. 그런데 그 작자가 삼촌을 위해 문을 열고 기다리는 것이다! 견딜 수 없는 일, 모욕적인 상황이었다. 둘 중 아무도 움직이지 않았고 아무 말도 하지 않았다. 삼촌은 침입자와 말을 섞지 않기로 작정하셨으니까.

구원의 손길은 관리인에게서 왔다. 그는 지혜로운 사람이었고, 꽃이 슬슬 지루해질 때면 방문객들의 문제에 관심을 가지기 시작했다. 그가 급히 와서 공손하게 다른 쪽 문을 열고 허리를 굽혀 인사를 했다. 온실의 두 방문객은 머뭇거리지도 않고 나란히 문을 지나 각자 다른 방향으로 갔다. 그 바람에 삼촌은 먼 길을 우회해서야 전차를 타실 수 있었다. 다음 날도 그 작자가 다시 와서 벤치 가운데 앉아 책을 읽고 있었다.

벤치 문제는 진짜 골칫거리가 되었다. 삼촌은 그 사람을 개인적인 원수로 여기게 되었고, 밤에도 누워서 그 인간은 몇 살이나 되었을까, 나보다 나이가 많을까 적을까, 돌봐 주는 친척이 있을까, 사실은 꽃을 싫어하면서 그냥 따뜻한 곳을 찾아온 것일까, 내내 뭘 읽는 걸까, 어마어마한 수염은 무슨 도전 같은 것일까 골똘히 생각하셨다.

마침내 어느 겨울날 벤치가 비었다. 삼촌은 얼른 앉으셨고, 눈길은 오랫동안 바라보지 못했던 연못을 향했다. 하지만 평화는 사라져 버렸다. 다른 사람, 침입자 생각밖에는 나지 않았다. 그때 문이 열리고 그가 들어왔다. 그는 벤치까지 오는 동안 내내 지팡이로 바닥을 규칙적으로 짚었고, 땅을 세게 두 번 치더니 말했다. "내 벤치에 앉으셨군요."

아니라고, 내 거라고 주장하기란 유치했으리라. 적대적인 대답도 할 수 없고 굴복할 수도 없었다. 삼촌은 절망적으로 고민하다가 말씀하셨다. "신사분, 저는 귀가 완전히 멀어서."

원수는 한숨을 쉬었다. 안도의 한숨 같았다. 그는 삼촌 옆에 앉아서 책을 폈다. 보아하니 공공 도서관에서 대출한 책이었다.

온실의 침묵 가운데에는 물이 흐르는 소리만 들렸다. 관리인은 잠시 바라보더니 다시 덤불로 향했다. 그는 그 이후로도 말이라고는 전혀 없는 두 신사를 자주 관찰할 수 있었다. 먼저 온 사람이 벤치의 한쪽에 앉았고, 다음 사람이 오면 짧게 허리를 굽혀 인사를 했다. 언제나 변함없이.

그 사람한테 딱히 대화할 마음이 없음을 삼촌도 아시고 나니, 적대감은 강요된 존중 비슷한 무엇으로 바뀌었다. 도서관에서 빌린 책은 스피노자였고, 그래서 그 사람을 더 높이 보게 되었다. 삼촌 당신도 허세를 부리고자 책을 가지고 가기로 하셨고, 다음 날 친척들이 선물했던 두꺼운 식물도감을 들고 가셨다. 책은 무거운 데다가 무릎 위에 놓고 보기에는 거추장스러웠고, 글씨도 너무나 작았다. 그 사람, 침입자는 삼촌 옆에 앉았고 읽고 있는 책에 흥미롭거나 거슬리는 게 있으면 때

때로 나지막한 목소리로 그 말을 반복하는 습관이 있었다. 어쩌면 그는 날이 덥다거나, 아니면 벤치를 혼자 독점할 수 없을까 하고 혼잣말을 했는지도 모른다……. 한번은 그 사람이 경멸적으로 말했다. "식물에 대해서 아무것도 모르면서. 그냥 아는 척할 뿐이지."

삼촌은 그 말에 너무나 상처를 받으셔서, 조심하시던 것도 다 잊어버리고 벌떡 일어나서 외치셨다. "꽃에 대해서 아무것도 모르는 건 자기면서! 꽃을 바라보지도 않으면서! 바보 같은 책만 들여다보는 주제에!"

"놀라운 일이네." 의자를 나누던 노인이 말하고 안경을 벗었다. 그는 호기심을 가지고 삼촌을 뜯어보았다. "침묵을 아끼시는 분으로 알았는데요. 요세프손이라고 합니다."

"베스테르베리입니다." 삼촌은 언짢게 말씀하시며 바닥에서 책을 들어 올리셨다. 소리 나게 책을 덮고는 다시 앉으셨다.

"그럼." 요세프손이 말을 계속했다. "이제 우리는 서로를 참을 수 있을지도 모르겠네요. 서로를 받아들일 수도 있겠고요."

두 사람의 관계는 이렇게, 어떻게 보면 말을 아끼며 쓸쓸하게 시작되었다.

알고 보니 요세프손은 '평화의 집'이라고 불리는 어지러운 곳에 살고 있었고, 그 집에는 수다를 떨고 싶어 하는 거추장스러운 영감들이 많았다. 그는 지나가듯이 이 말을 하고 별다른 해석을 덧붙이지 않았다. 삼촌은 더 이상 식물도감을 들고 가지 않으셨다. 온실의 고요함은 다시 관조와 여유를 위한 것이 되었고, 신기하게도 벤치를 혼자 사용할 때보다 더 여유가 느껴졌다.

그런데 갑자기 요세프손이 없어졌다. 일주일 내내 온실에서 보이지 않았다. 삼촌은 관리인에게 가서 물어보았지만, 그도 아는 것이 없었다.

삼촌은 생각하셨다. '요세프손이 아픈지도 모르지. 가 봐야겠다.'

관리인은 전화번호부에서 평화의 집을 찾는 일을 도와주었다. 통화를 하기는 쉽지 않았다. 계속 다른 부서로 연결되었다. 마지막에는 부엌에서 누가 나와서, 요세프손은 화가 나서 아무도 안 만난다고 말했다. 그가 그렇게 말했단다. 그녀 자신도 아주 화가 난 것처럼 들렸다.

평화의 집은 삼촌의 눈에 아주 끔찍한 장소로 보였다. 그렇게 많은 걱정투성이 노인들이 한 장소에 모여 있는 광경을 상상해 본 적이 없으셨으니까. 집에서는 누구나 나이가 삼촌보다 한참 아래여서 당신은 저절로 예외적이고 유일한 존재셨다. 하지만 여기에서 이름 모를 군중에 휩쓸리니, 지친 삶이 주변으로 밀어내고 잊어버린 난파물의 무의미한 한 조각이 되어 버린 듯한 느낌이 갑자기 들었다. 누군가가 그에게 요세프손의 방을 알려 주었다. 의외로 휑하게 보이는 아주 작은 방이었다. 요세프손은 이불을 턱까지 덮고 침대에 누워 있었다.

"아하." 그가 말했다. "베스테르베리군요. 꽃을 들고 오지 않은 건 잘한 일이에요. 그런데 난 아프지 않아요. 지루할 뿐이지. 앉아요. 음, 연꽃 구경꾼은 어떻게 지내시나?"

"관리인이 인사를 전해 달라네요." 삼촌이 말씀하셨다. "우린 좀 걱정을 했지요." 그는 앉을 곳이 있나 주위를 돌아보았지만, 의자 두 개 모두 책으로 가득했다.

"바닥에 놓아요." 요세프손이 조급하게 말했다. "그 책들이 지켜우니까. 다 말뿐이죠. 말, 말, 말. 도움이 안 돼요. 그걸로는 부족하죠." 잠시 후에 그는 계속 말했다. 사실 혼잣말이었다. "베스테르베리, 당신은 자신을 망치고 있어요. 그리고 당신 자신이 그냥 선물로 받은 게 얼마나 많은지를 몰라요. 가서 그 대단한 연꽃을 바라봐요. 시간이 있는 동안 바라보고 감사하라고요. 당신은 어떤 이념을 위해 싸울 필요라고는 없었잖아요. 그러니까 믿고 지킬 가치가 있는 걸 찾아다닐 일이 없었죠."

"풀밭을 지킨 적이 있지요." 삼촌이 말씀을 시작하셨지만 요세프손은 듣지 않았다. 그는 침대에서 나와 욕실로 갔다.

'내 풀밭.' 삼촌은 생각하셨다. '내가 구한 풀밭…… 하지만 지금은 그 말을 할 때가 아닌 것 같군.'

요세프손은 양치 컵 두 개와 작은 코냑병을 들고 와서는 침대에 걸터앉아 말했다. "수도꼭지에서 물을 받아 와요. 나는 그대로 마실 거예요."

"온실에 다시 올 거죠?" 삼촌이 물으셨다. "아주 훌륭한 코냑이네요."

"물론. 사실 이걸 마실 게 아니면 안 마시는 게 낫죠."

밖에서 종소리가 들렸다.

"식사 시간이군." 요세프손이 경멸조로 말했다. "요새 뭐 하고 지내요?"

"음, 별거 없죠. 그런데 왜 책들이 지켜워졌죠?"

"책에서는 다 쪼개고 부수죠. 베르테르베리, 알겠어요? 작고 작은 한 가닥의 생각, 뭣에도 도움이 안 되는 자잘한 것들까지 절망스러울 정도로 쪼갠다니까요. 뭔가를 이해하기 위해서 내가 알아야 하는 것들은, 내가 보기에는 아무 데서도 알려 주지 않아요. 그래서 지겹죠."

"그럴 수도 있겠네요." 삼촌은 조심스레 말씀하셨다. "한동안 책은 그냥 두고 다른 식으로 해 보시지요."

"다른 식이라니, 뭘 말하는 거죠?"

삼촌은 친구를 바라보고는 멋대로 뭐라고도 해석할 수 있을 만한 손짓을 했다. 실제로 도움은 못 주지만 그냥 관심을 좀 표시하는 그런 모습이었다.

"이 집에서는 말이죠." 요세프손이 말했다. "이 집에서는 시간이란 그냥 지나가는 무엇이랍니다. 시간은 더 이상 생명이 없지요. 책 속에서도 다르지 않아요. 나는 내가 원하고 노력한 것이 무엇이며, 이게 다 무슨 결과를 가지고 왔는지, 더 가치가 있는 건 뭘까, 분명한 그림을 보고 싶고 그게 급해요. 중요한 일이지요. 정말 의미 있을 수도 있는 그 무엇을 찾는 일, 그러니까 어떤 대답을 찾는 건 중요해요. 최종적이고 지속성이 있는 결론 말이에요. 무슨 말인지 알겠어요?"

삼촌은 말씀하셨다. "잘 모르겠는데……. 하지만 궁극적으로 그게 다 필요한 건가요? 걱정만 될 뿐이죠. 그리고 그게 지금까지보다 더 급할 것도 없지 않나요?"

요세프손은 웃기 시작했고 말했다. "베스테르베리, 당신은 어딘가 마음에 들어요. 하지만 당신은 사실 커다란 바보 당나귀죠?"

"아, 뭐, 그렇겠죠." 삼촌이 말씀하셨다. "그래도 온실에 다시 올 거죠?"

"아, 뭐, 다시 가게 되면 다시 가는 거죠. 지금은 한마디도 더 안 해요. 말이라고는 더 이상 안 하겠어요."

전차를 타고 집으로 가면서 삼촌은 이 의미심장하면서도 부분적으로는 이해가 안 되는 대화에서 오간 말들에 대해 별로 생각하지 않았다. 오히려 요세프손이라는 사람 자체에 대해서, 그리고 당신의 풀밭에 대해서 생각하셨다. 풀밭, 당신이 지키셨던 풀밭의 이미지가 떠올랐고…….

언제 그 사람에게 풀밭 이야기를 해 줘야겠다, 하고 생각했다.

2

삼촌이 요세프손을 만나시기 일 년 전에, 친척들은 육지에서 가까운 섬에 여름 별장을 세냈다. 섬은 경사지고 접근이 어려워서 친척들은 삼촌을 걱정했고, 뭐가 옳을까 한참 논의를 했다. 삼촌을 모시고 가야 하나, 아니면 도시에 그냥 계시는 편이 나을까. 삼촌은 다른 사람들이 귀가 어둡다고 생각하게 두셨지만 사실 그렇게 귀가 어둡지는 않아서, 사람들이 하는 이야기를 거의 다 들으셨다. 결국은 중요하고 어려운 결정을 하실 때 가끔 하시던 솔리테어[29] 게임을 하셨다. 솔리테어를 끝낼 수 있으면 도시에 남으라는 뜻이고 끝나지 않으면 여행을 하라는 뜻이라고 받아들이기로 하셨다. 그런데 그 솔리테어는 현실적으로 끝날 가능성이 아예 없는 게임이었다.

그 섬의 가장 큰 특징은 섬을 서쪽 해안에서 동쪽 해안까

---

29 Solitaire. 혼자 하는 카드놀이의 총칭. 여기서는 같은 번호의 카드를 찾아내 짝을 맞추는 게임을 의미한다.

지 가로지르는 협곡이었다. 거기에는 부두와 집 사이를 다닐 때 바닷가 풀밭으로 기어 내려가지 않아도 되게끔 다리가 놓여 있었다. 집을 세놓은 어부가 버리는 나무로 만든 다리였는데, 위태로운 구조물이었지만 시간은 꽤 절약되었다.

언덕에 처음 올라가셨을 때 삼촌은 갑자기 멈추어 서셨다. 다른 사람들은 삼촌이 다리를 무서워하신다고 생각했지만, 그건 절대로 아니었다. 7월을 맞아 온통 꽃이 핀 바닷가 풀밭이 눈에 들어오셨던 것이다. 가볍게 하늘하늘 흔들리며 온갖 색으로 한꺼번에 피었다 금방 사라지는 꽃들이었다. 인적 없는 풀밭이라는 게 눈에 보였고, 낙원의 첫날처럼 사람의 발길이 닿지 않은 그대로였다. 온실보다 더 아름답다고 생각하신 삼촌은 아무도 바닷가 풀밭을 건드리면 안 되며 구경만 할 수 있다고 선포하셨다.

해가 뜨기 직전에 삼촌은 매일같이 언덕을 휘적휘적 내려가 당신 풀밭의 끝자락에 앉으셨다. 풀밭은 해가 지평선을 올라갈 때 제일 아름다웠다. 빛깔들은 잠깐이지만 마치 이 세상의 것이 아닌 듯이 투명하게 빛났다. 꽃으로 된 양탄자는 7월의 부드러운 바람에 춤추듯이 흔들렸다. 대단한 광경이었다! 삼촌이 온실을 저버리신 건 아니지만, 계속 변화하는 풍경이 당연히 정적인 상태보다 나았고, 풀밭은 살아 있었다. 때로는 온실에서 생겼던 것 같은 위험한 욕구가 솟아났다. 풀밭에 걸어 들어가 가까이서 느끼고 끌어안고 싶었는데, 어쩌면 경탄을 품고 있으니 그래도 되었으리라. 하지만 실제로 그렇게 하지는 않으셨다.

어느 아름다운 날, 친척들은 텐트로 된 사우나를 세웠다. 당연한 일이다. 핀란드에서는 아무리 작은 집이라도 사우나가 있어야 하니까. 그런데 사우나는 평지에 지어야 했고, 그 섬에 있는 유일한 평지는 삼촌의 풀밭이었다. 힘든 날들이었고, 이 얘기 저 얘기로 말이 많다가 또 입을 다물어 버리기도 여러 번이었다. 하지만 집안 문제들의 경우 흔히 그러듯이 합의점을 찾았다. 사우나는 다리 밑에, 눈에 띄지 않고 풀밭에 큰 영향을 끼치지 않는 선에서 짓기로 했다.

친척들이 다리 밑에 사우나를 짓고 나서 자리를 떴을 때 삼촌은 구경을 하러 오셨다. 철로 된 굴뚝이 있는 사각의 거대한 물건, 흉측한 이물질이었다. 삼촌은 가까이 가서 텐트의 문을 여셨다. 안은 어둑어둑했다. 넓은 널빤지로 만든 의자가 몇 있었고, 난로에는 검은 돌이 있고 쇠로 된 주전자, 물통, 전등도 있었다. 개인적으로 시간을 보낼 만한 실용적인 공간이었다. 삼촌은 사우나의 맨 아랫목에 앉았다. 그랬더니 텐트의 출입구가 풀밭을 액자처럼 에워쌌고, 갑자기 미술 작품 같은 모습이 되었다. 어둑어둑한 텐트 밖이 아주 환하게 보였다. 마치 당신이 직접 그림을 그린 듯한 기분이었다.

삼촌이 사우나에서 주무시겠다고 하시자 아무도 놀라지 않았다. 친척들은 삼촌을 위한 준비를 했고, 필요할 만한 물건들은 모두 가지고 내려왔다. 사람들이 다리 위에서 쿵쿵거리고 다니는 소리에 삼촌은 온실의 방문객들, 나선형 계단을 올라갔다 그냥 다시 내려오는 사람들을 떠올리셨다.

든든한 지지대가 받치고 있는 다리 아래는 아늑했다. 나무에서는 아직도 타르 냄새가 났고, 아무도 애써 뽑지 않고 내버려 둔 못들이 그대로 있었다. 삼촌은 그 못에 모자와 외투, 수건 그리고 다른 물건들을 거셨고, 어릴 때 텐트에서 잤던 기억을 떠올리셨다.

7월이 끝나 가는 어느 밤, 바람이 불어오고 협곡에 물이 불었다. 홍수가 풀밭을 덮치고 금세 삼촌의 텐트 사우나로 밀려 들어왔다. 매트리스가 젖는 바람에 잠이 깬 삼촌은 순간 여기가 어딘가 생각하셨다. 텐트의 장막이 소리를 내며 펄럭거렸고, 안은 너무나 더웠다. 온실처럼 덥고 습했다. '연못에 폭풍이 치는구나…….' 온갖 물건들이 물 위에 떠다녔고, 삼촌은 그것들을 한쪽으로 밀고 축축한 밤에 밖으로 나오셨다. 호기심이 생겼다. 밖은 환했고, 협곡을 흐르는 길고 어두운 물결 위에 유리 돔을 알아볼 수 있었다. 돔은 보통 때보다 훨씬 높아 보였고, 그냥 끝이 없었다. 나선형 계단은 사라져 보이지 않았다. 삼촌은 못에 걸어 둔 지팡이를 들고 가만히 서서 바람 소리에 귀를 기울이셨다. 살살 걸어 나가자 풀밭이 조심스레 앞뒤로 흔들거렸다. 이제야 풀밭을 끌어안을 수 있게 되었고, 연못으로 똑바로 걸어 들어가며 연하게 말랑거리는 땅을 발밑에 느끼면서 부드럽게 연못과 살을 맞댈 수 있었다. 바다의 공격과 거기에 맞서는 결백한 꽃들의 싸움을 그제야 이해할 수 있었다……. 오늘은 찾아오는 사람도 없었다. 한 명도 없었다. 그는 사랑의 대상을 걱정 없이 여유롭게 혼자 소유할 수 있었다.

삼촌은 천천히 집으로 돌아와 잠이 드셨다. 텐트 사우나가 새벽에 물에 휩쓸려서 너덜너덜해진 박쥐 같은 모습으로 떠내려가는 모습도, 다리의 지지대가 힘을 잃어 허물어지고 무너져서 조각들이 떨어져 나가고 성난 바닷물에 휩쓸려 가는 광경도 못 보셨다. 마지막 토막마저 사라지자 협곡은 성난 검은 강물로 뒤덮였다.

다리 한 조각은 섬 반대쪽의 협곡에 가서 땅에 닿았고, 쪼개져서 땔감이 되었다. 다른 조각들은 더 멀리 바다에 떠내려 가서 결국은 어느 해안에 닿아 헛간이나 부두, 아니면 다른 무언가의 재료로 쓰였으리라.

친척들은 협곡을 가로지르는 새 다리를 놓았다. 삼촌의 눈에는 아주 실패한 구조물이었다. 제대로 된 다리라고 할 수도 없었고, 철로 건널목처럼 보였다. 삼촌이나 풀밭을 위해서는 아무 의미 없는, 그저 칠을 입힌 나무다리 같았다. 이전의 다리는 태양과 바닷물의 영향을 받았고 언덕과 색깔까지 똑같았다. 이전의 다리는 땅에 적응을 했고, 섬의 자연스러운 한 부분이 되었다. 하지만 다른 사람들은 자기들의 업적을 뿌듯하게 생각했으므로, 삼촌은 아무 말씀도 하지 않으셨다.

커다란 폭풍에 휩쓸린 풀밭은 바로 복구되지는 못했지만, 삼촌은 다시 7월이 되면 전처럼 아름다워지리는 사실을 알고 계셨다. 삼촌과 풀밭은 함께 바다에 저항해서 싸웠던 것이다.

어느 날 삼촌은 땔감이 회색이며 온통 못이 박혀 있다는 점을 알아보셨다. 이전 다리의 조각들이었다. 쓸 만한 조각들을 고르고 필요한 연장을 찾아서, 삼촌은 천천히, 매우 조심스럽게 전의 모양과 한 치의 오차도 없는 예전 다리 그대로의 복제물을 만들기 시작하셨다.

삼촌이 온실에 다시 가시자, 요세프손은 책을 내려놓고 말했다. "베스테르베리, 왔군요. 늙은 쾌락주의자. 다시 와서 반갑네요. 보시는 것처럼 나는 아직도 뭔가 쓸 만한 논리가 있나 찾고 있죠. 하지만 이 사람들도 평소보다 지혜롭진 않아요."

그는 벤치에 자리를 좀 내주고 읽기를 계속했다. 삼촌은 늘 앉으시던 왼쪽에 자리를 잡으셨다. 자리로 돌아가는 건 기분 좋은 일이다. 삼촌은 다리를 가지고 가셨지만, 요세프손에게 보여 주는 게 옳지 않다는 생각이 들었다. 풀밭과 폭풍 이야기도 좀 기다렸다가 하는 편이 나을 것 같기도 했다. 삼촌은 앉아서 아름다운 연못을 바라보셨고, 연못은 갑자기 다르게 보였다. 눈을 감고 더 멀리, 더 깊이 바라보니 저항하는 검은 물과 부드럽게 물결치는 풀밭에 안기는 것 같았다.

두 사람은 전처럼 자주는 아니지만 계속해서 온실로 왔다. 늘 같은 덤불 뒤에 앉아 뜨개질을 하던 관리인은 은퇴했다. 두 사람을 모르는 후임자는 주로 현관 책상 뒤에 앉아 있는 편이었고, 가끔 한 번씩 뒷짐을 지고 연못 주위를 돌았다. 그는 별다른 존경심도 보이지 않고 그들의 의자 앞을 똑바로 지나갔다.

요세프손은 말없이 앉아 있다가 가끔 한두 마디나 나누고, 다리도 뻗쳐 보고, 책의 어딘가에 줄을 긋는 것으로 아주 만족하는 듯했다. 삼촌이 침묵을 연장시키면 그는 점점 불안해하고 짜증을 내는 것 같았다. 삼촌은 매일같이 다리를 들고 가셨지만, 다리를 보여 주고 폭풍이 치던 밤 이야기를 하기는 점점 더 어려워졌다. 아예 할 수가 없었다. 삼촌이 풀밭을 끌어안으셨던 그 밤은 삼촌에게서 빠져나갔고, 요세프손은 조금도 도와주지 않았다.

그러다가 나중에, 두 사람이 평소처럼 온실에 앉아 있었는데 심한 뇌우가 도시를 덮쳤다. 날이 어둑어둑해졌고, 쏟아지는 비가 유리 지붕을 두드렸다. 천둥 번개가 치는 가운데 요세프손은 책을 코밑에 바짝 붙였지만, 무슨 내용인지 읽을 만큼 보이지도 않았다. 회오리바람에 온실 문이 열렸고, 유리가 깨지고 비바람이 안으로 들어와 연못에 파도가 쳤다. 아주 작앉지만 그래도 파도였다. 삼촌은 일어나 똑바로 가서는 연못으로 걸어 들어가셨다. 잎과 연꽃들을 무심하게 옆으로 밀치더니 뒤를 돌아보고 외치셨다. "요세프손! 내가 뭘 하는지 봐요!"

"잘하네요." 요세프손이 대답하며 책을 내려놓았다. "계속해요. 엄청 자극이 되네요."

나중에 두 사람은 문을 닫는 시간까지 남아서 앉아 있었다. 폭풍은 점차 걷혔고, 관리인은 침착을 되찾았다. 삼촌은 풀밭 이야기를 하셨고, 이야기를 아주 잘하셨다. 요세프손은 생각보다 훨씬 귀를 기울여 잘 들어 주었다. 그는 작은 다리를 바라보더니 다시 삼촌을 보고 말했다. "그래요, 그래요. 알겠어요. 풀밭의 개념이요. 관조하고 경탄하고 경험한다, 이런 것들이죠. 그리고 다리는⋯⋯ 건너도 아무 데로도 가지 못하는 다리를 만들기?"

"아무 의미 없어요." 삼촌이 언짢아하며 말씀하셨다. "다리는 다리예요. 그냥 다리라고요. 뻔한 것에 무슨 의미를 부여하려고 또 애를 쓰는군요. 어디로 가는지, 어디서 오는지는 중요하지 않아요. 다리는 건너는 거죠. 그게 다예요!"

관리인이 와서 삼촌더러 감기 걸리기 전에 집에 가서야 하지 않을까 물었다.

"대화 중입니다." 삼촌이 말씀하셨다. "요세프손, 무슨 결론이 났나요? 그 책들에서 뭔가 중요한 걸 찾았어요?"

"이런저런 것들을 찾았죠." 요세프손이 말하고 미소를 지었다. "시간이 걸려요. 하지만 그거야 시작할 때부터 알았죠. 우리가 서로를 설득할 수 있는 것처럼 보이지는 않는군요. 하지만 그게 굳이 필요한가요?"

"아니죠." 삼촌이 말씀하셨다. "그냥 상대방이 알고 이해하기를 바랄 뿐이죠."

"그럴 수 있어요." 요세프손이 말했다. "풀밭 이야기는 마음에 드는군요."

삼촌은 말씀하셨다. "그래요. 내 생각에는 생생하게 이야기한 거 같아요."

두 사람은 동시에 일어나서 폭풍에 부서진 문을 통해 함께 밖으로 나갔다. 그리고 짧게 인사를 하고는 각자 집으로 갔다.

옮긴이
안미란

서울대학교 국어교육과를 졸업하고 독일 킬 대학교 언어학과에서 박사 학위를 받았다. 이탈리아 라 사피엔차 로마 대학교에서 강의했으며 현재 주한독일문화원에서 근무하고 있다.

헨리크 입센의 『인형의 집』, 로테 하메르와 쇠렌 하메르의 『숨겨진 야수』와 『모든 것에는 대가가 흐른다』, 크누트 함순의 『땅의 혜택』, 글렌 링트베드의 『오래 슬퍼하지 마』를 비롯하여 여러 스칸디나비아권 도서를 우리말로 옮겼다.

두 손 가벼운
여행

1판 1쇄 펴냄 2019년 10월 18일
1판 5쇄 펴냄 2024년 4월 29일

지은이 토베 얀손
옮긴이 안미란
발행인 박근섭, 박상준
펴낸곳 (주)민음사

출판등록 1966. 5. 19. 제16-490호
서울시 강남구 도산대로 1길 62(신사동)
강남출판문화센터 5층 06027
대표전화 02-515-2000 팩시밀리 02-515-2007
www.minumsa.com

ISBN 978 89 374 2957 6 04800
ISBN 978 89 374 2900 2 (세트)

* 잘못 만들어진 책은 구입처에서 교환해 드립니다.